ESPURNA

Menjaré bollycaos per tu

ESPURNA, 45

E S P U R N A

ÚLTIMS TÍTOLS PUBLICATS:

1a edició: *març, 2000*
Composició tipogràfica: *Josepa Ferrer*
Impressió: *Romanyà - Valls*
ISBN: *84-7660-551-X*
DL: *B-5664-2000*

PAPER ECOLÒGIC
TCF LLIURE DE CLOR

FOTOCOPIAR LLIBRES
NO ÉS LEGAL

Menjaré bollyc@os per tu

PASQUAL ALAPONT

ESPURNA

Edicions Bromera

Aquesta obra obtingué el premi Bancaixa de Narrativa Juvenil 1999, instituït per l'Ajuntament d'Alzira i la Fundació Bancaixa. Formaven part del jurat: Joan Carles Girbés, Pedro Grande, Glòria Llobet, M. José Obiol i Joan Pla.

València, 15 de juny

Cristina, Cristina... Oh, Cristina, no he pogut dormir en tota la nit. Primer vaig pensar a tirar-me per la finestra, però no volia disgustar la meua mare. No puc fer-li aquesta jugada, ho entens? La pobra acaba de plantar unes margarides sota la finestra de la meua habitació i això l'hauria matada. És molt aficionada a la botànica. També vaig pensar a tallar-me les venes, però ja em coneixes, el simple fet de veure una gota de sang em fa venir basques. Així que, finalment, vaig decidir agafar una intoxicació a base de mesclar bollycaos i pastilles Juanola. No et pots imaginar quina bomba, Cristina. He anat tota la nit de caguetes. És per això que no he dormit gens. Però tot plegat m'ha fet reflexionar. He arribat a la conclusió que és millor que et suïcides tu. Què et sembla? Així l'idiota del teu pare es penedirà d'haver-nos separat.

Ai, perdona, no sé què em dic. No saps quant estimes realment algú fins que el perds. Em sent com si tinguera un buit a l'estómac, saps? Potser és per tanta cagarrina, vés a saber, però em fa l'efecte que això és amor. Oh, per què te n'has hagut d'anar, Cristina? Estic decebut, no ho puc evitar. De fet estic tan desesperat que fins i tot he escrit un poema. T'ho imagines? Jo un poema, com Neruda, Lorca, Mohandas Gandhi... Bé, alguna cosa havia de fer tantes hores tancat al vàter, no? Potser no t'agradarà. Li l'he ensenyat a Lola i ella diu que és molt romàntic. Tu mateixa, veges què et sembla: «Enmig del prat jo i una vaca / no fem res més sinó pensar en tu. / Jo li dic que al cor tinc una taca / i ella em contesta mu mu mu». Fort, no?

Per cert, el meu germà ha llegit la poesia, ho lamente. No ha parat de riure, t'ho pots creure? Estic convençut que hi ha estalactites més sensibles que ell. Imagina't, m'ha preguntat si érem tan bledes que encara no ens havíem morrejat. Si no fóra mirat l'hauria escanyat allí mateix. De tota manera, no patesques, no li he dit res de les voltes que ens hem petonejat a ta casa quan eixien els teus pares, ni d'aquella excursió en què vam dormir plegats dins del mateix sac de dormir.

Oh, Cristina, no sé què faré sense tu. Vols dir que no hi ha cap possibilitat de convèncer els teus pares de tornar, no sé, arruïnar-los el negoci d'alguna manera? Deu fer fred a Londres ara, no? Ben mirat deu fer sempre un temps fredós per allà dalt. Estan afinats si creuen que vendran algun gelat a Anglaterra. I posats a fer el ridícul per què no se n'han anat a Groenlàndia a vendre orxata als pingüins?

Escriu-me prompte, estimada, amoret, ratolinet, entrepanet meu, ja no tinc ganes ni de menjar.

Londres, 16 de juny

Benvolgut ignorantet meu,

Tot just el meu pare ha connectat el nostre ordinador a Internet, ha arribat puntual el teu missatge. L'ha llegit de cap a peus. De cap a peus, saps què vull dir? Diu que et comunique que ets un miserable per haver-te gitat amb mi, i que està content d'haver-nos separat, que hauries d'anar a un metge, a un psiquiatre per a adolescents, perquè ets un pervertit sexual. Estava enfadat, sobretot per l'al·lusió als pingüins. No saps el calvari que li ha costat decidir-se a obrir una orxateria a Londres i arribes tu i li ho soltes a boca de canó. El pitjor del cas és que la mare també ha llegit el teu missatge i hi està d'acord, s'hauria estimat més quedar-se a casa. Ella també creu que és un error vendre gelats a Londres. No sé, últimament la trobe molt nerviosa, deuen ser els preparatius del viatge. Té el mateix esperit que tu, saps?, molt esquifidet. El vostre horitzó no passa del forn de la cantonada. Però jo vull conèixer un altre paisatge, una altra gent.

Potser és positiu que ens hàgem separat un

temps, Ramon. Necessite pensar un poc, però no patesques, sobreviurem. De tota manera, si vols destrossar-te l'estómac t'aconselle que mescles sobrassada, llet amb sucre i suc de llima.

Els meus pares han llogat un apartament petit a New Cavendish Street, entre Hyde Park i Regent's Park, i molt a prop tenim el baix per a l'orxateria. Hi ha un institut no gaire lluny, i segurament l'any que ve estudiaré allí, però ara per ara no em preocupa, el meu pare s'està ocupant del trasllat de l'expedient i tot això. Si els tràmits són tan ràpids com la reforma del local, crec que m'incorporaré al sistema educatiu anglès abans que em jubilen. Vés a saber si al capdavall no tindreu raó la mare i tu.

Perdona, Ramon, potser esperaves una altra cosa, una declaració d'amor i altres romanços, però estic molt confusa. Estic vivint un moment transcendental en la meua vida. D'ací a poc acabaré els estudis i encara no he decidit què vull fer, si vull estudiar una carrera i tot això. A voltes crec que m'agradaria estudiar medicina, i poc després veig que m'interessa més la pintura, estudiar belles arts, saps? De moment procure no pensar.

Escriu-me aviat, puceta meua, però a la matinada, no em faria cap gràcia que li feres més confidències al meu pare.

Ah, ignorantet meu, se m'oblidava: Mohandas Gandhi no era poeta, sinó el precursor de la doctrina de la no-violència. A voltes pense que tenen raó els qui diuen que l'amor és cec.

València, 17 de juny

No sé què pensar, Cristina. Què tenen a veure els teus dubtes acadèmics amb el nostre amor? Jo estava disposat a fer una barbaritat i en canvi tu només fas que parlar-me d'orxata. Francament, Cristina, no sé si sents el mateix que jo sent per tu. No volia dir-t'ho, però sobrevisc a base de xocolata, és el millor antidepressiu que conec: xocolata per a desdejunar, xocolata per a dinar i xocolata per a sopar. Això pot minar el meu estat físic, però a tu només t'interessa tirar-me per cara que Mohandas Gandhi no era poeta. Tant se val que tracte d'esforçar-me, faça el que faça al remat sempre em poses en ridícul. I què hi farem si Gandhi no era poeta? Vols dir que és tan important, això? Era una figura literària, Cristina, o com diantres és diga això. I d'altra banda, com saps que el senyor Gandhi no va escriure un poema en la seua vida? Has parlat amb la seua família? Et sorprendria la quantitat de persones que són capaces d'escriure un poema en un moment de desesperació. Neró mateix es va posar a cantar mentre incendiava Roma, i Borís Ieltsin, el president de Rússia, també li pega per la poesia quan s'emborratxa. Oh, i ja veuràs que líric que es posa el teu pare quan fracasse l'assumpte aquest de la gelateria.

Ai, perdona, perdona, perdona, ja ha tornat a eixir l'orxata. Et jure que la tinc avorrida. No, mentida, m'agrada, m'agrada molt. Tot el que ve de tu m'apassiona, fins i tot l'orxata fastigosa. Oh, una altra vegada, perdona, és que tot ha estat tan precipitat! Fa dos dies com aquell qui diu ens menjàvem a besos al llindar de ta casa i ara tu ets a Londres i jo em consumesc a València.

Si et sóc sincer estic un poc molest perquè no m'has dit res de la meua poesia. Francament, Cristina, no sé a què punyetes jugues. Com pots menysprear-me tant, tu que has compartit amb mi un sac de dormir? Potser és que no l'has entès, el poema. «Enmig del prat jo i una vaca» vol dir que una vaca i jo ens trobem sols l'un davant de l'altra, saps què vull dir?, en peu d'igualtat, com dos camarades. Has vist mai una vaca lletera, la seua cara de tristor, la immensa solitud i malenconia dels seus ulls? M'hi sent tan identificat! «No fem res més sinó pensar en tu» crec que està clar, no? Vol dir que podríem pensar en moltes coses que ens alegren la vida, l'herba, les dones i coses així, però la nostra pena és tan gran que no podem apartar la vista dels teus llavis carnuts. «Jo li dic que al cor tinc una taca» ja és més complicat, no t'ho puc amagar. En realitat no és que m'haja pintat les aurícules de gotelè, sinó que... Bé, no sé, és difícil d'explicar un poema, saps? Al cap i a la fi la taca ets tu. Vol dir que a vegades sent un nus a la gola i els ulls se m'inunden de llàgrimes. L'imbècil del meu germà diu que això és *moquillo,* una malaltia de gossos, però en fi, tu ja el coneixes, ell té aquesta vis còmica que el farà triomfar en la vida. Finalment «i ella em contesta mu mu mu», què vols que et diga?: és l'acceptació. La vaca ha comprès el meu destí tràgic i em diu, si fa no fa: «tranquil, xicot, de més verdes en maduren».

Ah, per cert, de debò que has pensat a estudiar medicina seriosament? Recordes aquella vegada que em vaig agafar el dit en el molinet de cafè i la sang vessava com un torrent? Bé, tu no vas ajudar molt amb el teu desmai melodramàtic, la veritat. Et van fer més cas a tu que a mi. D'altra banda tens setze anys. Vols dir que és tan important saber què faràs d'ací a uns anys? Reflexiona, Cristina, reflexiona! Quan jo era petit volia ser astronauta; després, Brad Pitt, i als deu anys, l'amo de Continente. A poc a poc la vida s'ha encarregat de desfer els meus somnis. Ara tot just em preocupa saber si el pròxim diumenge jugaré de titular o de reserva. Per cert, demà juguem contra l'Institut Blasco Ibáñez. Que preparen el cabàs!

Oh, amor, amoret, conta'm coses, digues-me que m'estimes encara que ja ho sàpiga.

Londres, 19 de juny

Avui he agafat el metro a primera hora del matí fins a la zona de Pimlico, vora el Tàmesi, i hi he passat tot el dia. Tot el matí he estat passejant per les sales de la Tate Gallery, però no he vist ni la meitat dels quadres. Sabies que en el mateix terreny hi havia una presó el segle passat? És una bona idea que els centres penitenciaris es convertesquen en museus d'art, no creus?

He vist la col·lecció de pintors anglesos de la Tate, obres de Wrigt, Hogarth, Reynolds, Stubbs, Gainsborough... però si t'he de ser sincera el que més m'ha impressionat és el conjunt d'obres de Joseph Mallord William Turner, uns 300 olis i prop de 20.000 dibuixos. Té tota una ala del museu per a ell només, la Clore Gallery. No sé, té una manera de pintar tan suggeridora... No puc explicar-ho, només sé que m'agrada i prou. Potser tens tu raó i no m'hauria de dedicar a la medicina, encara que qui es va desmaiar d'una manera melodramàtica perquè se li va enganxar una pelleta del dit en el molinet del cafè vas ser tu, guapo. No recordes que vaig estar agafant-te la mà més d'una hora mentre tu cridaves ta mare, ingrat?

A la vesprada he estat passejant per Saint James Park, a tocar de Buckingham Palace. Em venia de pas de tornada a casa i m'ha servit per a reflexionar un poc, com tu em deies. Estic molt confusa, Ramon, no sé si...

T'envie per correu una postal de Turner, *Tempesta de neu,* jo em sent també així, amor, no et puc dir res més.

València, 20 de juny

No sé si què, punyeta?

Francament, Cristina, molt interessant el teu recorregut turístic per la Tate Gallery, ho dic de tot cor. De veres que no sabia que hi havia un pintor que s'anomenava Gainsborough, t'ho jure. A mi em traus de Velázquez i de Góngora i no conec cap pintor més, però sé olorar una traïció a més de 2.000 quilòmetres. Vaja, ni que estigueres a la Xina, t'hauria enxampat. Digues-me, Cristina, i no m'enganyes més, per l'amor de Déu. Qui és aquest anglès de merda, aquest Joseph Mallord William Turner? Li ho he comentat a Lola i ella tampoc no el coneix?

Oh, no fa ni una setmana que ets a Londres i te'n vas amb el primer que trobes per davant. No et fa vergonya? No t'ho volia dir però m'han eixit granets per culpa de la xocolata. Estic descentrat. L'altre dia vam jugar contra els del Blasco Ibáñez i ens en van clavar 60 a 17, t'ho imagines? Seixanta! Vaig intentar tres tirs de tres punts, nou de dos i sis tirs lliures, però només vaig fer un punt. La vida no m'està resultant gens fàcil, creu-me: Àngel diu que tinc les mans de mantega, els meus companys m'insulten i ara tu m'ixes amb això de no sé si...

Punyeta, digues-me on has conegut aquest pallasso de Joseph Mallord William Turner o sóc capaç d'anar a Londres i trencar-li la cara. Estic convençut que al teu pare sí que li agradarà aquest anglès, veritat?, ell sempre ha estat un anglòfil, un seguidor del Chelsea. Ja us veig tots dos, vestits de blanc immaculat i venent gelats de torró. És aquest el futur que desitges per als teus fills. Simplement ridícul.

Oh, Cristina, no puc suportar-ho més, i et jure que ho he intentat, però no puc. Tinc una caixa roja de Nestlé entre cames, uns trenta bombons, i pense cruspir-me-la *tout de suite. Vive la France!*

Londres, 21 de juny

No digues bestieses. Creu-me, no hi ha cap altra puceta en la meua vida que tu. Ara que si de debò penses que Góngora va ser un pintor comprenc que et resulte difícil entendre que Turner va morir fa prop d'un segle i mig, a Chelsea precisament. I no em digues que Góngora degué pintar algun quadre en tota la seua vida, per favor. Jo també he fet algun volantí de petita i no per això em considere una acròbata. Perdona'm, Ramon, però a vegades em pregunte seriosament què vaig veure en tu. Per cert, què vaig veure en tu, m'ho pots explicar?

Aquest matí el meu pare ens ha *portat* a veure la Torre de Londres (els permisos d'obertura de l'*orxa* es retarden i l'home està nerviós). Ho ha dit amb un somriure condescendent, «vinga, us porte a la Torre de Londres», com si ell fóra Enric VIII i ens portara a decapitar a la presó reial; o encara pitjor, com si la mare i jo fórem dues *yorkshire* i ens traguera a passejar. A mi ja m'estava bé la visita, però em revolta aquesta gosadia que teniu els homes de donar per fet el que nosaltres volem. Sou uns mamarratxos envanits.

Hem anat en metro a la Torre, fins a Tower Hill, la mare llegint, el pare mirant la negror dels túnels per la finestra, pensarós, com si entreveiera el futur de l'orxateria, i jo dient paraulades contra l'opressió masclista, per a mi sola.

La Torre, una mena de palau encastellat, és a la vora del Tàmesi. Al primitiu edifici blanc, s'hi han afegit altres construccions fins a convertir-la en un poti-poti d'estils. Els pares han anat a veure la col·lecció d'armes del Herald's Museum i el Waterloo Barracks, però com que jo no vull saber res d'andròmines bèl·liques, m'he acostat a la capella de Sant Joan, l'església més antiga de Londres, i he encès una candela per Mohandas Gandhi, el teu poeta. Sabies que Gandhi no va deixar respirar tranquil l'imperi britànic mentre va durar el procés d'independència de l'Índia? I sense pegar ni una bufetada. No, és clar que no ho saps, com que Gandhi no va jugar als Bulls de Chicago la cosa se t'escapa, eh?

El pare s'ha entestat a contractar un guia, un home taciturn, d'una vulgaritat anodina si no fóra per un somrís sàdic que es feia més relaxat com més crims ens relatava: «Ací van tallar el cap a la Jane Grey, de només disset anys», i a l'Anna Bolena i la Katherine Howard, les dones d'Enric VIII, i a Thomas More, i al bisbe de Rochester, fins a una llista interminable. Feia ganes de vomitar. La guinda de la visita, pel que sembla, és la Bloody Tower, on Ricard III va assassinar els seus nebots. A la fi del passeig m'he quedat amb les ganes de saber si les finestres eren gòtiques o normandes, però en canvi conec fil per randa totes les execucions de l'aristocràcia anglesa.

En acabat hem vist les joies de la Corona. Què vols que et diga? Ni fred ni calor. La mare ha deixat anar la broma típica: «A veure quan em regales una pedrota com aquesta», i el pare ha respost amb una rialla flegmàtica de pocs escarafalls, com si patira de restrenyiment. Es coneix que és el clima de Londres.

Res més de moment, estimat. Ah, enhorabona pel partit. No creus que ha arribat l'hora de deixar el bàsquet i llegir un llibre? D'altra gent ha passat per aquest mateix tràngol abans que tu i se n'ha sortit bastant bé.

Un bes.

València, 22 de juny

Estimadíssima Cristina de les meues aurícules. Com més em maltractes més et desitge. Creus que sóc una persona tan insensible com Estalactita, el meu germà, però t'equivoques, prenc en molta consideració els teus consells, i de fet estic pensant seriosament la possibilitat de llegir un llibre. Però ja en parlarem més endavant. Aquestes decisions no s'han de prendre a grapats.

M'has obert els ulls, Cristina. He estat meditant sobre això que em deies del masclisme i crec que tens raó: el teu pare és un mamarratxo envanit. El que no entenc és per quina raó ens claves dins del mateix sac a la resta de mortals. Al cap i a la fi jo no me n'he anat a Anglaterra per muntar un negoci estúpid sense consultar ningú, ni he separat dos amants que s'estimaven apassionadament. O millor dit un que estima apassionadament i un altre que perd el temps visitant galeries d'art.

Sí, Cristina, posem les coses en clar: a tu et passa alguna cosa. Penses que no sé llegir entre línies? Francament, sé que és dur de dir això, i no vull passar per un ésser insensible, però m'importa un rave si a l'Anna Bolena li van tallar el cap. Fa una setmana que no et veig i només se t'acut parlar-me del bisbe de Rochester. Però qui redimonis era aquest senyor? Vols que et conte una anècdota bona de veres? Ahir em vaig quedar tan absort pensant en tu que vaig eixir al carrer sense pantalons. Déu haguera volgut que m'haguera adormit per sempre més. Imagina't quina sorpresa em vaig endur quan la caixera de Mercadona em va dir «són 6.400 pessetes» i em vaig despertar. La gent és molt rara, ja ho sé, n'hi ha que es planta el xandall fosforescent el dissabte i trau a passejar el gos vestit d'aquesta manera, sense cap pudor, però no em crec que l'excursió pel barri en calçotets passe sense comentaris.

Açò com més va pitjor. He anat a l'entrenament, però ni m'he canviat. Li he dit a l'Àngel que em feia mal el cap, que devia tenir un tumor o no sé què, i ell m'ha engegat a la merda. Encara sort de Lola, que em fa de confessora, però tem que s'afarte de mi, no faig altra cosa que parlar-li de les teues costelles, t'ho imagines? Vam anar a un bar i no vaig parar de gemegar tota l'estona. Potser sí que té raó Estalactita i m'ha entrat el *moquillo.* Ja no tinc ganes ni de menjar xocolata.

Gominoleta meua, rep un bes molt fort, fins

a la tràquea, del teu dissortat amant, dóna-li records a ta mare i una puntada de peu al fetge de l'orxater, sense massa rancúnia, però.

Londres, 23 de juny

Tens raó, Ramon, ha arribat l'hora de parlar clar. Fa dies que ho pense: potser és millor que ho deixem córrer. La nostra relació no té massa sentit. Tu esperes coses de mi que jo no puc donar-te, i som tan lluny l'un de l'altra...

Crec que sent alguna cosa per tu, que m'agrades, però no et vull enganyar ni enganyar-me, també sentia alguna cosa pel meu hàmster i no m'ha costat gens deixar-lo a cals avis.

No puc ni vull estar tot el sant dia pensant en tu i dient t'estime d'aquesta manera i d'aquella altra, ho lamente. No voldria acabar com tu, passejant-me en braguetes per Harrod's ni que m'entrara el *moquillo.* Em fa l'efecte que això no és amor sinó falta de vitamines. Pel teu bé, Ramon, faries bé de deixar la xocolata i fer un règim de fruita i verdura.

Em sap greu si t'han molestat algun dels meus comentaris sobre el bisbe de Rochester, però jo crec que l'amor és molt més que un intercanvi de sospirs. A mi m'interessen aquestes coses i a tu no, així de simple, i de trist. John Fisher, que és com es deia el bisbe de Rochester, va ser executat per negar-se a firmar l'Acta de Supremacia, que sotmetia l'Església d'Anglaterra a l'autoritat d'Enric VIII. Va morir per defensar les seues idees. Això per a mi té més mèrit que clavar una piloteta en la cistella des de deu metres. Em parla de la llibertat de les persones, de la dignitat. En fi, tot això et sona molt estrany, no, puceta?

Potser jo no he fet l'esforç suficient per a acostar-me a tu, ni m'he interessat massa per les teues coses. Potser hauria d'haver-me apuntat a un gimnàs o fer-me animadora de l'equip, jo què sé, però això no fa per a mi. I el fet de no haver-m'hi interessat és segurament la prova determinant que no estem fets l'una per a l'altre.

He pensat tot açò mentre feia un passeig per Regent's Park, a tocar de casa, on hi ha el zoològic. No m'agraden gens els recintes tancats per a feres, però el zoològic de Londres és una altra cosa. Els animals viuen el més semblant possible al seu hàbitat natural. M'he entretingut a la zona dels goril·les. N'hi havia un de menudet que no s'estava quiet, amunt i avall dels trapezis. Em sentia alhora trista i alegre de veure'l, em pots entendre? Em recordava a tu, d'esperit tan lliure, sempre botant de cistella en cistella. I m'ha fet por de sobte.

He pensat que jo t'imposava la meua manera de veure les coses, que tu ets al cap i a la fi com un goril·la, i que jo no tinc cap dret d'exigir-te que modifiques la teua sensibilitat. No vull que patesques més per mi, ho entens? D'altra banda, crec que depens massa de mi. Potser si jo no em sentira tan nugada a tu... A voltes m'embafes un poc, saps?, tant t'estime per ací i et necessite per allà. Em fas venir complex d'ansiolític. Jo vull sentirme lliure d'eixir amb qui vulga, i crec que això també et faria bé a tu, però potser hem fet massa tard. Segurament Lola et convé molt més que no jo. Ho he vist molt clar a Regent's Park aquesta vesprada quan una goril·leta s'ha arrossegat al costat del goril·la xicotet i li ha xuclat les orelles. No podem lluitar contra la natura, no creus? Amb ella seràs feliç i tindràs molts goril·letes capaços d'encistellar qualsevol cosa. Serà un amor salvatge, fet de besos i carícies, i no com el meu, de xerrameca.

En l'hora de l'adéu, puceta, vull que sàpigues que t'estime, encara que no sàpiga ben bé per què, i que aquesta vesprada he plorat a Regent's Park pensant en tu.

Postdata. Celebre que t'hages decidit finalment a llegir un llibre; no et farà cap mal, ja veuràs. Deixa'm que te'n recomane un que a mi m'agrada molt, *El petit príncep,* de Saint-Exupéry. *Au revoir, mon cheri.*

València, 24 de juny

Cristina, he rebut el teu missatge i m'han entrat ganes de plorar. En ma vida m'havien dit coses tan boniques. De veres que et semble com un goril·la menudet?

Perdona, aquests dies t'he pressionat massa, és cert, però comprèn que estic inquiet com un cul de mona, Déu sap quan et tornaré a veure!

Em vas interpretar malament, l'altre dia no et volia donar a entendre que no m'interessaven els teus comentaris, sinó que patia pensant que ja no m'estimaves. Ara ho sé del cert. Estem fets l'un per a l'altra, no ho dubtes, com Romeu i Julieta, els amants de Terol, la bella i la bèstia...

Així que, segons tu, John Fisher es va deixar tallar el coll per les seues idees, doncs molt ben fet, em sembla perfecte, que els bomben a tots, dona! Encara que encertar una cistella a deu metres també té el seu mèrit, no et penses. Si saberes alguna cosa de bàsquet te n'adonaries. Però, bé, no cal exagerar, no és ben bé el mateix, tens raó, ja ho sé, les idees són tota una altra cosa. Jo no em deixaria pelar per una cistella de més o de menys, t'ho promet, però per una idea... això és diferent. Si em vinguera Enric VIII i em fera firmar l'acta aquesta de supremacia m'ho pensaria molt. Potser no l'enviaria a pastar fang com el bisbe de Rochester, però... Mare de Déu, les coses que em sentiria abans de pegar a fugir.

D'altra banda, no crec que Lola em convinga tant com tu dius. Ella és com una germana, pensa el mateix que jo, com una calcomania clònica, i sabem les mateixes coses, l'alineació dels Chicago Bulls i tot això que tu odies tant. No m'agrada, o més ben dit, no m'agrada de la mateixa manera que tu. A ella no em fa goig tocar-li les costelles i a tu... Cristina, conèixer-te ha estat com eixamplar-me l'horitzó, saps què vull dir?, a mi per exemple no se m'hauria acudit mai comparar-me a un goril·la per això de l'esperit lliure. Sona tan..., com dius tu, tan salvatge, veritat? De tota manera potser tens raó i estic massa obsessionat amb les teues costelles. Provaré de fer noves amistats.

He començat el règim de verdura i de fruita, com em vas suggerir. En ma vida hauria suposat que una bleda fóra tan atractiva per a mi. He passat el dia rosegant carlotes, saps?, com Bugs Bunny, i m'han desaparegut els granets de la cara, gràcies a tu. Vols més proves d'amor, estimada? Dóna'm una idea qualsevol i em deixaré tallar el coll per ella, però no em pots deixar, Cristina, sense tu no sóc res.

Ah, aquesta vesprada Lola m'ha acompanyat a comprar *El petit príncep* i ja el tinc a la prestatgeria, en un lloc preferent, al costat de *Lliçons de bàsquet* i *Biografia de Michael Jordan.* Per cert, ja tinc quinze llibres, amor, què et sembla? Qui sap si finalment no faràs de mi un intel·lectual, eh?

Espere ansiós el teu missatge. El teu goril·la que t'adora i espera el teu retorn a la selva.

Londres, 25 de juny

És molt bonic això que em dius, Ramon, però no et puc prometre res, qui sap si al capdavall la distància no posarà fi a la nostra relació d'una manera més trista. No m'agradaria que la cosa es refredara a poc a poc, però m'alegra que no vulgues que tallem i que acceptes la meua manera de ser i de plantejar la nostra relació d'ara endavant. Jo també he fet algun esforç, no et penses. Aquesta vesprada he parlat d'esports amb el meu pare durant prop de mitja hora i no m'ha passat res. Et sorprendria les coses que teniu en comú. Estava arrepapat al sofà i mirava una competició d'aquestes atlètiques, amb curses d'obstacles, salts de perxa i tot això. Al cap de poc m'he adonat que ell només s'interessava per les atletes, ja que quan entraven en competició els homes s'alçava a buscar una cervesa o qualsevol cosa. Més li valdria dedicar-se a promoure l'orxateria, no voldria que acabara com un pobre home que he conegut aquest matí a Battersea Park.

Després de rellegir infinitud de voltes el teu

misssatge, havia eixit a caminar. M'agrada passejar per Londres. És una ciutat que es pot recórrer amb tranquil·litat. Arreu hi ha parcs o petites clapes de jardins públics, i bancs, molts bancs de fusta per a seure, finançats per alguna institució pública o algun filantrop particular, tots amb la seua corresponent plaqueta de metall. Plovia quatre gotes, amb aquesta pluja mínima que cau per ací, i tot just m'he mullat un poc, suficient per a refrescar-me de la calor dels últims dies de primavera. Com veus, puceta, no sempre fa fred a Londres. Si el meu pare deixa de perdre temps examinant cuixes musculoses davant del televisor, ens farem d'or. Encara que això a mi m'agrada ben poc, ja ho saps.

He anat fins a Battersea Park per celebrar el nostre retrobament. Hi havia molta gent al metro i he baixat abans d'hora. Aquests dies es juguen les eliminatòries del torneig Wimbledon de tenis i la gent va de bòlit. Potser m'hi acoste algun d'aquests dies a veure un partit. Ho faré per tu, estimat, encara que no sé quin plaer em pot reportar veure passar una piloteta per damunt d'una xarxa a un costat i a l'altre durant més de dues hores.

He vist els esquirols a Battersea, uns esquirols platejats que trescaven amunt i avall d'un castanyer. Al costat del tronc un home amb aspecte de captaire, abillat amb una gavardina, s'entretenia a donar-los fruites seques. Estava d'esquenes, el vell, i no volia acostar-m'hi massa per no espantar els animals, però ell m'ha descobert i, sense girar-se, m'ha fet senyals perquè m'hi acostara a poc a poc. Ho he fet amb discreció i de puntelletes. Quan era pràcticament a tocar, uns metres potser, l'ancià ha fet mitja volta d'improvís amb una ganyota horrible de boca desdentada i llançant paraules amb la llengua sibilant. No calia haver après l'anglès a Eton per a intuir-ne la procacitat. Sota de la gavardina, l'home tenia els pantalons i els calçotets abaixats i exhibia una cosa petita i tova que, això no obstant, m'ha fet fugir sense parar fins a Westminster, a tres quilòmetres d'allí.

Però aquest incident no pot entelar la meua alegria, estimat, de descobrir aquest nou amor teu sense renúncies i lliure. Si ara estiguera a València seria capaç d'arrossegar-me al teu costat i xuclar-te l'orella.

Besos de la goril·la Cristina.

València, 26 de juny

Ha passat una cosa estranya, Cristina, et farà gràcia, de segur. A mi me'n fa molta. Resulta que... resulta que... No sé ben bé per on començar. És tan... Bé, resulta que dissabte vam jugar al bàsquet contra els de Russafa. Àngel no em deixava jugar, ja et vaig contar que m'havia pelat l'últim entrenament, però l'equip anava perdent i em necessitava. En realitat no em necessitava perquè anara perdent, de fet sempre perdem, ja hi estem acostumats, sinó perquè només ens havíem presentat set jugadors al partit i a Raül i a Cèsar els havien tret la cinquena falta personal. De manera que o jugava jo o continuaven sols amb quatre jugadors. La veritat és que Àngel s'estimava més deixar-me a la banqueta, deia que així tindríem més possibilitats de fer alguna cosa, però l'àrbitre no li ho va permetre i vaig eixir a jugar.

Saps aquells moments en la vida en què sembla que ho pots aconseguir tot, que la fortuna et somriu faces el que faces? No m'havia passat mai. Si la setmana anterior no m'entrava res ara ho encistellava tot. Vaig fer vint-i-un punts en els quinze minuts que vaig estar a la pista i vam guanyar el partit per només tres punts. Àngel estava exultant i la veritat és que n'hi havia per a això i per a molt més perquè és el primer partit que guanyem aquesta temporada. Ens volia convidar a sopar i vam quedar a la nit en una pizzeria.

En arribar a casa vaig descobrir la teua postal des de Londres, el quadre aquell de Joseph Mallord William Turner, la *Tempesta de neu.* Per cert que el títol, segons la postal, és més llarg: *Tempesta de neu. Vapor a l'entrada d'un port fent senyals en aigües poc profundes i inclinant-se sobre el costat. L'autor era en aquesta tempesta la nit en què Ariel va deixar Harwich.* I això en anglès, li ha costat Déu i ajuda traduir-ho a Lola. Ves per on tenies raó i havia estat gelós d'un pintor mort feia més d'un segle. Encara que jo, si fóra tu, em plantejaria molt seriosament tenir-lo de referència. Vols dir que de debò sabia pintar aquest Turner? Bé, però no era d'això que volia parlar-te.

Resulta que vaig passar la vesprada amb Lola. Recordes que et vaig contar que m'havia acompanyat a comprar *El petit príncep?* Per cert que ja el tinc en la prestatgeria, al costat de la *Biografia de Michael Jordan,* no sé si t'ho havia dit. Qualsevol dia comence a llegir-lo, t'ho promet.

Ens ho vam passar molt bé, la Lola i jo, rememorant el partit, ja la coneixes, a ella l'entusiasma el bàsquet, i quan vam arribar a la pizzeria ja estava un poc beguda. De fet, al cap de poc tots estaven un poc alegrets, tret de mi, que m'emborratxe amb un xop de cervesa i no vaig voler beure. No ens ho podíem creure, haver guanyat el partit, comprens? Vam fer les típiques pallassades del grup, ja saps... Vam imitar els professors: l'Arrel Quadrada Pons, l'Esternocleido Ramírez i la Queen Teacher Carbonell. L'Àngel estava realment espantat, però no li va dir ningú que a ell l'anomenem Salgado Quàdriceps en la intimitat.

Després d'escenificar-li un concert convincent de badalls, d'alguns «que cansat que estic» i d'uns quants «uf, no em digues que ja són les dotze», el vam deixar a casa i ens en vam anar a la discoteca. Hi havia tots els xicots de l'equip i la Lola, ja t'ho he dit, no?

Bé, ja els coneixes, els xicots. A tu no t'han agradat mai, però has de reconèixer que són graciosos, eh? Recordes la cara d'Esternocleido Ramírez quan li va caure el poal de damunt de la porta que havia col·locat el Cèsar? D'acord que la broma era molt tòpica, però aquestes facècies sempre fan riure molt: vam riure els estudiants quan el poal va caure ple a vessar d'aigua amb tint de safrà, va riure el claustre de professors i va riure l'Esternocleido quan van expulsar Cèsar. En fi, tots contents, sobretot Cèsar, que no li agradava massa això d'estudiar.

El cas és que mentre jo parlava amb Lola, Roger, Cèsar, Raül i la resta van descobrir un grup de xiques que giravoltaven per la pista i s'hi van posar a parlar. Tot seguit, des de lluny, ens van fer grans escarafalls perquè ens hi acostàrem Lola i jo. Roger m'hi va presentar com un amic francès que s'estava a València de viatge d'estudis i que no sabien com entretenir. Era un estratagema per entaular una conversa amb elles i jo vaig haver de seguir la broma, comprens?, per amistat, sense cap interès. De manera que poc després estava parlant si fa o no fa com parlen els gavatxos, convertint totes les erres en ges. El truc va funcionar i al cap de poc tot l'equip de bàsquet era una altra vegada a la pista, com al matí, i jo de reserva, com sempre, parlant amb l'única xica del grup que no volia ballar. Fins i tot la fidel Lola, xopa de cervesa, m'havia abandonat i s'havia llançat als braços d'un cambrer.

Li diuen Fabiola. Al cambrer de Lola no, a la xica que no volia ballar. És... Bé, no és gens guapa. Ja saps que a mi no m'agraden les rosses espaterrants tipus Marylin. Crec que sobretot és simpàtica, molt dolça, entens què vull dir? Vam simpatitzar de seguida: tots dos estàvem intimidats, jo per haver de passar per francès i ella... Ella sobretot estava trista. Després de presentar-nos: «jo Fabiola i tu Gaimon, jo Gaimon i tu Fabiola», em va contar una història que no done a escoltar ni al pitjor enemic, sobretot si ha d'assentir de tant en tant en francès macarrònic com ara jo, mescla de castellà, català i francès.

La pobra té disset anys i em va dir que feia poc que havia tingut un xiquet (te n'adones?, jo parlant amb una mamà), però que el pare no en volia saber res. De fet el nano s'està amb els avis ara. La vida de Fabiola ha estat un infern, saps?: primer aquell individu que la va deixar prenyada i que se'n va desentendre, després el fet d'haver de deixar els estudis, la incomprensió de la gent, la por d'un futur incert... Era la primera volta que eixia de casa en molts mesos. Les seues amigues la veien tan trista que es van entestar a traure-la de casa.

Et pots imaginar quin paperot vaig haver de representar assentint de tant en tant i deixant anar ara i adés un «Oui, és teguible»? Es coneix que vaig posar una cara trista de veres, de fet no sabia on deixar-me caure mort de la vergonya, però Fabiola ho degué interpretar com una mostra de solidaritat, sobretot perquè em va engegar: «És la primera volta que ho conte a algú que no siga les meues amigues, havia perdut la confiança en els tios, però tu sembles diferent». Què podia haver-li dit, Cristina? «Doncs mira, en realitat sóc un francès de l'avinguda de les Germanies, ací a tocar com aquell qui diu, i sóc tan porc i mentider com l'imbècil que et va prenyar.»

En acabar la confessió, ja més distesa, em va preguntar: «I tu què contes?», i amb un deix irònic hi va afegir: «estudies o treballes?» «En guealidad poc hay que contag», li vaig respondre, «jo suis missionego, estudiante paga capellà. Vols danseg pug desentumezeg les canyelles?»

Després... bé, perdona, Cristina, estic massa cansat i contrariat per a contar-t'ho. Només puc dir-te que jo també pense que és millor que no estiguem tan nugats i que el nostre amor siga lliure, sense renúncies. No entenc res d'aquest quadre de Turner que m'has enviat, però jo també em sent enmig d'una tempesta de neu. Parafrasejant el seu títol es pot dir que sóc *Un vapor a l'entrada de la discoteca, fent senyals en aigües poc profundes i inclinant-se sobre el costat. L'autor era en aquesta tempesta la nit en què Ariel va deixar Harwich.* Encara no sé qui són Ariel i Harwich, però. M'ho pots explicar tu?

Fins una altra, Cristina.

Londres, 27 de juny

Què vols dir amb això de fins una altra? Ets un porc, un porc gavatxo. Ja t'ho diré jo qui són Ariel i Harwich! Què vol dir que estàs un poc contrariat. Digues-me tan sols una cosa, t'has gitat amb ella sí o no?

Em deceps, Ramon, tant de plorar i el teu amor ha resultat tan trencadís com la neula. No podia imaginar que fores capaç de fer això. Una cosa és no estar nugat i una altra de ben diferent anar-se'n quan menys t'ho esperes amb una mare. Però a mi no m'importa, de debò, tu pots hipotecar el teu futur per qui vulgues. Digues-me només una cosa: has pensat l'edat que tindrà ella quan tu tingues quaranta-quatre anys? Et ficaràs al llit amb una venerable senyora de quaranta-cinc anys, ni més ni menys. I no et dic res de quan comence a patir osteoporosi i et demane fregues als malucs. És que no t'adones que està buscant un pare per al seu fill, idiota? Què feia ella a la discoteca en lloc de donar de mamar al xiquet, si no?

Tremole de ràbia. M'has convertit en el que

més odie, una adolescent histèrica. Fins ahir jo era una jove equilibrada, amant de les arts i de les lletres, capaç de llegir els diaris d'Anaïs Nin en un cap de setmana, i ara sóc incapaç de concentrar-me ni en el prospecte d'una caixa d'aspirines. És això, l'amor? Siga com siga, tracte d'evitar les llàgrimes; aquestes demostracions líriques em semblen repugnants.

Pots estar content amb les conseqüències de la teua infidelitat: avui no he tingut esme de voltar per Londres i m'he quedat al districte de St. Marylebone. Sense saber ben bé com, m'he trobat a l'interior de la cambra dels horrors del Museu de Cera de Madame Tussaud, a prop de casa. El que hi ha exposat allà no és ni la meitat de sangonós que les tortures que he pensat per a tu, puceta. No obstant això, n'hi ha una que t'agradarà especialment. Es tracta d'una mena de roda al capdamunt de la qual es col·loca el torturat i se l'estira fins a allargar-lo uns quants centímetres. Qui sap si amb aquesta teràpia no et convertiries en l'ala-pivot més alt del teu equip.

Oh, Ramon, Ramon, Ramon, em trobe tan estranya! Durant el dinar no he deixat de discutir amb el pare per foteses. M'imagine que el faig culpable de la nostra separació. Em trau de polleguera, tot el dia amunt i avall i encara no ha aconseguit els permisos per a muntar l'orxateria. I això que ho portava tot nugat des de València, t'ho pots creure? Encara sort que el llogater, Charles Purdey, ens reserva el local i no ens cobrarà res fins que comencem les obres. Aquesta és una altra, se n'encarreguen Okune & Company, una mena de Pepe Gotera i Otilio anglesos.

Charles Purdey és un dentista divorciat. Tot Cavendish Street està plagat de metges divorciats, hi creixen com bolets. En un principi volia cobrar-nos quatre-centes lliures al mes pel lloguer, però la mare va anar a regatejar amb ell i ens el va deixar per tres-centes. És molt amable, Mister Purdey, s'ha oferit a fer-nos una neteja dental gratuïta. Amb un poc de sort em farà de franc l'obturació d'un queixal mig corcat que tinc. Ai, si no fóra per la mare... Definitivament el pare és un empresari calamitós. Déu vulga que ens en sortim.

He passat la vesprada al Planetari, a tocar del Museu de Cera. Hi he vist milers d'estrelles i m'he sentit molt petita. És així com em sents tu ara en el teu cor. M'agradaria estar al teu costat i agafar-te la mà ben fort, amor, fins que xisclares com una rata.

Sempre teua? Cristina.

València, 28 de juny

I qui es posa melodramàtic ara? Tu sempre seràs... Bé, passe el que passe tu sempres seràs la meua amiga, t'ho jure. No cal que t'hi amoïnes, Fabiola no significa res per a mi. Simplement vam ballar un poc i la vaig acompanyar a casa. Què té això de dolent? Em va demanar el telèfon de la casa dels meus amics per a acomiadar-se de mi i li vaig donar el de la Policia Municipal, el primer que em va passar pel cap. No la tornaré a veure més; no podria continuar l'engany de fer-me passar per francès. Així que punt i a banda.

D'altra banda, em fa pena aquesta xica, no ho puc evitar, la pobra ha hipotecat el seu futur per una relliscada. T'ho imagines?: una nit de disbauxa, música de tango, ciris perfumats... i s'ha acabat. Ella volia ser enginyera aeronàutica a Madrid i a tot estirar podrà fer telecomunicacions a València. I no és que teleco siga una carrera dolenta, diuen, de fet per a mi totes dues són tan exòtiques com els quadres de Joseph Mallord William Turner, però haurà de renunciar als seus somnis, i en canvi el cretí que es va rebolcar amb ella no renunciarà a ser advocat, ni abandonarà els seus amics, ni deixarà de tocar la bandúrria en l'estudiantina per més que desafine. Saps què li va dir en assabentar-se del positiu? «Mira, ara no puc parlar, m'agafes enmig d'un assaig». I ja no l'ha tornat a veure, sembla que el *papà* l'ha enviat a estudiar als Estats Units. És injust.

I encara sort dels pares de Fabiola, que l'ajuden a criar el fill. Si fóra per ells la seua filla aniria a estudiar a Madrid, però és ella qui no vol separar-se del seu bebè. De fet em va mirar com un extraterrestre quan li vaig preguntar si no s'havia plantejat *avogtag*. Se la veia tan feliç parlant del seu fillet que fins i tot he somniat per un moment que tu i jo... Però, així i tot, em fa l'efecte que Fabiola és massa jove per a haver de prendre aquesta decisió; quan la vaig veure a la disco feia mesos que no s'ocupava d'altra cosa que d'estudiar i canviar bolquers.

En fi, confie que li vaja bé, com també espere que Lola tinguera la precaució de no mesclar música de tango i ciris perfumats l'altra nit quan se'n va anar amb el cambrer, aquestes coses fan de mal combinar.

He començat *El petit príncep,* Cristina. És un tipus estrany, aquest homenet, no quadra amb les descripcions que ha fet altra gent dels extraterrestres. Em semblen, si vols que et siga sincer, al·lucinacions que no mereixen cap crèdit, un miratge del desert. Tot plegat és una mica infantil, no? Ja d'entrada, un senyor que va dibuixant boes obertes i tancades que semblen barrets no sembla molt seriós. A més, en cap moment descriu la nau del petit extraterrestre, si és ovoide o més aviat plana. No et sembla un detall insòlit dins del fenomen ovni?

Res més. Catorze dies sense tu, Cristina, i el teu fidel Ramon que t'estima i se sorprèn d'estar encara fresc com una rosa.

Londres, 29 de juny

Mira que ets ase, Ramon. *El petit príncep* no és el testimoniatge de cap abduït sinó una fantasia del valor de l'existència, una reflexió sobre les coses veritablement importants. Encara sort que no et vaig donar a llegir *La metamorfosi* de Kafka. Déu sap què hi hauries trobat!

Puceta, no cal que em dónes explicacions sobre Fabiola. En realitat, tret del primer rampell que vaig tenir d'assassinar-te, m'ho vaig prendre bastant bé. D'altra banda pense com tu: és injust que un mamarratxo li haja arruïnat la vida. Però creus de debò que podia haver obrat altrament? Teniu un no sé què d'irresponsabilitat congènita els homes, que us fa actuar sempre com a rosegadors curts d'enteniment, no és cert?

Ben mirat ja li està bé, a Fabiola, haver perdut de vista aquest samaruc. A més, si et sóc franca, no estic d'acord que ell li haja arruïnat la vida; això presuposa una actitud submisa de la dona, com si ella no haguera tingut res a veure amb el tango i els ciris perfumats. Creus que som idiotes, les dones? Per què m'ofens amb aquestes subtilitats masclistes? Ho lamente, Ramon, però cada dia t'assembles més al meu pare. Qui sap si no acabaràs tu també a Londres muntant una orxateria o ensenyant la teua cosa fofa al jardí de Vivers camuflat amb una gavardina.

Per sort estic llegint un llibre de Virginia Woolf que m'està obrint els ulls sobre els homes. Sé que només somnies fer-me un fill perquè amb això pretens esclavitzar-me, sotmetre'm a la teua voluntat i fer-me abandonar els meus somnis de pintora. Ara entenc les al·lusions negatives a Turner.

Doncs mira, saps què et dic? Aquesta vesprada he anat a adoctrinar-me al British Museum, no vull ser tota la vida una orxatera bleda i conformista.

Les peces exposades al British només fan que evidenciar el domini sempitern dels homes, amb dones posant en actitud oferent i abajocada. Si ho examines amb una certa perspectiva, no hi ha cap diferència entre la Bodhisattva Tara, una escultura del segle XII provinent de Sri Lanka, i una fulla del calendari Play Boy. Però, amb el cor a la mà, no em puc estar de sentir-me emocionada per la bellesa d'aquesta imatge, de la Bodhisattva Tara vull dir, no de la xica Setembre.

En tornar a casa he tingut una sorpresa agradable: Charles Purdey, el nostre llogater, ens convida, a la mare i a mi, al Covent Garden. Hi fan *Borís Godunov,* de Mussorgski, però no agafes gelosia, estimat, Mussorgski va morir a la fi del segle XIX a Sant Petersburg, i Borís Godunov és en realitat un personatge de ficció. És la primera volta que assistesc a l'òpera. L'òpera, estimat, és com el teatre, però amb acompanyament orquestral. El pare ha preferit quedar-se a veure un partit de rugbi a la tele entre Gal·les i Escòcia, una escenificació de batalla campal entre senyors vestits de xiquets. A tu t'apassionaria, per cert.

Què vols que et diga, puceta? A mi m'agraden més els homes com el senyor Purdey que els dinosaures del País de Gal·les. Entre un home sensible que parla amb la mateixa desimboltura de Freud, de Delacroix o de Purcell i un orangutan de dos metres i més de cent quilos de pes l'únic objectiu del qual és avançar com un possés amb una pilota ovoide i depositar-la unes iardes més enllà, pense que no hi ha color.

Charlie és encantador, un ésser fascinant. La mare i ell han congeniat de seguida. Feia temps que no la veia tan riallera. De fet crec que no l'havia vista mai tan feliç. La relació amb el pare és d'una rutina exasperant i l'ha anat empobrint a poc a poc. Quan vaig nàixer jo ella va haver de sacrificar el seu futur, com Fabiola. Això és el que no vull que em passe a mi, ho entens? No vull que la meua vida esdevinga un currículum d'hipoteques com el seu, i encara menys per l'estima efímera d'un home que ara passa el cap de setmana penjat del televisor. En els últims mesos només recorde haver-los vist contents una vegada, els meus pares, quan els van concedir el crèdit per a muntar l'orxateria.

Un bes. Cris.

València, 30 de juny

Però de què vas, Cristina? Parles com una feminista boja. Al remat t'eixirà cua de dimoni i nas de grifó si continues per aquest camí, ja ho veuràs. Les esglésies estan plenes de gàrgoles amb cara de feminista, fixa-t'hi bé. No m'agradaria que acabares així.

Em pensava que per fi m'estimaves de debò, que les meues costelles significaven alguna cosa per a tu, però ja veig que t'agrada més passejar la teua ràbia intel·lectual pel British Museum. Tant se val, ja no sé si m'importa.

He mig abandonat la lectura d'*El petit príncep;* pel que sembla, és massa simbòlic per a mi. Qui podia pensar que no es tractava d'un relat autobiogràfic? Al capdavall la solapa del llibre diu que Exupéry era aviador, com el protagonista de l'obra, no?

La vida deu tenir un sentit, Cristina, però se m'escapa. Per què ens entestem a complicar-nos? Creus que tot seria més fàcil si a tu t'agradara el bàsquet i a mi Mussorgski? Ho dubte. He reflexionat molt aquests dies sobre l'amor i he arribat a la conclusió que és més difícil entendre'l que interpretar els dibuixos d'*El petit príncep.* Dius que t'agrada el senyor Purdey perquè et parla de bajanades com l'òpera, però en el fons això és una estratègia per a conquistar la teua mare. Es veu d'una hora lluny. I què creus que faria el tal Charlie si, arribat el moment, s'embolicara amb ella? Et fotria quatre potades. En el fons és més digna l'actitud del teu pare. Ell no enganya ningú: és un ruc i prou.

He tornat a caure en plena compulsió alimentària i m'he cruspit quatre bollycaos reblerts de lingotins, vuit en total, però no te'n faig responsable. La meua decisió no té res a veure amb tu, creu-me. Estic sumit en un estat de malenconia insuportable, i el pitjor de tot és que no sé ben bé per què. A sobre, Lola només té ulls per al seu cambrer. Li he telefonat aquest matí, li he contat els meus problemes i m'ha recomanat visitar un psiquiatre. Estalactita diu que he entrat en la fase de *postmoquillo* i que em desintegraré d'ací a pocs dies. Ell, pobre, fa temps que ha entrat en una fase d'imbecil·litat profunda. Sens dubte ha heretat tot sol els gens del besavi Pere, un avantpassat que va destacar en el camp del teatre satiricopopular durant la República.

Aquesta vesprada hem tingut una xerrada tècnica al gimnàs per a preparar el partit de demà contra els de Lluís Vives. Àngel dubta a posar-me de titular. Diu que no es refia d'un ala-pivot que s'emociona fins a sanglotar en sentir la tàctica defensiva. Ai, si sabera que estic travessant el *postmoquillo!*

Londres, 1 de juliol

Finalment ha arribat l'expedient de matrícula; l'any que ve estudiaré a l'Aldoux Huxley Institute de Londres. Quina casualitat! Huxley pertanyia al grup de Bloomsbury, com la Virginia Woolf. No sé, ara que la cosa sembla definitiva em fa un poc de recança abandonar València, però si m'entra l'enyor em posaré una sarsuela del mestre Serrano i punt.

M'apena no poder estar al teu costat i consolar-te. Ja veig que estàs passant una de les teues fases amoroses. Potser he estat un pèl insensible amb tu. Al cap i a la fi, ni que només fóra per unes hores, jo també vaig experimentar els recels de la gelosia, i no és agradable. Però no passes ànsia, Otel·lo meu, no estic enamorada de Charlie Purdey, ni la mare tampoc, em pense. Per a la seua desgràcia ella estima encara el pare. L'amor és cec, com insinuaves tu en l'últim missatge. D'on si no que tu i jo... Ara bé, que siga cec no vol dir que siga beneit. Entre passar una vesprada amb tu o amb Mussorgski jo no dubtaria. I que quede ben clar que jo t'estime, però hi ha coses que fan de difícil comparar.

Anit em vaig gitar tard. En acabar la representació de *Borís Godunov* Charlie ens va convidar a prendre una copa i vam anar a un cafè del Soho, la French House, on fa més de cinquanta anys es refugiaven els resistents francesos per conspirar mentre Hitler campava per París amb la desimboltura que li permetien els tancs de la Wermacht.

La mare, amb el seu anglès de primària, va evocar els anys de la Universitat i la seua militància antifranquista. Amb una mica de nostàlgia, m'imagine que per la joventut perduda, va recordar les batusses de la policia als estudiants quan als anys seixanta i setanta reclamaven llibertat i democràcia per al país. Tot d'una em va agafar pels muscles i mig rient mig plorant va declarar que per culpa meua havia deixat la carrera. Pel que sembla un estudiant d'econòmiques que poc després havia d'esdevenir orxater hi va tenir també la seua part de culpa. Entre confidència i confidència, doncs, la mare es va beure tota sola una botella de xampany, suficient perquè es creguera Mayfair Lady i començara a cantar cançons de la resistència republicana contra Franco damunt d'una cadira. L'ambient s'hi prestava i, al cap de poc, tothom, amb els ulls inflats d'enyor, es va posar a entonar himnes davant l'atònita mirada de Charlie, el qual, borratxo com un cep, deixava caure ara i adés un *ole, ole*. A les 11:00 h crec que el pianista i jo érem les úniques persones sensates que quedaven al bar.

Em va costar Déu i ajuda traure la mare i Charlie d'allí. El senyor Purdey s'havia parapetat darrere d'una taula, i al crit de «No passaran» amenaçava els cambrers amb el tap d'una botella de xampany.

Vam arribar a casa prop de les quatre. Per sort el pare s'havia quedat adormit davant del televisor amb la boca oberta i no es va assabentar de les notres anades i vingudes. Poc després la mare va vomitar. Massa nostàlgia potser.

València, 2 de juliol

Ahir dissabte va ser el dia més feliç de la meua vida. Jugàvem l'últim partit de la temporada, contra els de Lluís Vives. Un bon resultat si considerem la nostra trajectòria. Vam perdre cinquanta-vuit a vint-i-dos i em vaig lesionar. Sembla que en tindré per a mesos, d'anar amb crosses, i potser m'operaran i em posaran un cargol a la cama, vés a saber, els metges s'ho miren amb els trets de la cara intensos, com si es tractara de gangrena, però no diuen res. La cosa, segons m'han contat, ja que vaig perdre el coneixement uns minuts i no recordava ni l'alineació titular dels Chicago Bulls, la cosa dic és que vaig saltar prop de la cistella i un mamut d'1,90 em va caure del cel, com Dumbo, primer a sobre del parietal esquerre i després, en una cabriola insòlita, damunt del genoll dret doblegat.

No t'ho creuràs, mentre esperava que m'assistiren a l'hospital en companyia de l'entrenador, se'm va acostar Fabiola, la xica de la discoteca, amb una criatura als braços. «Què t'ha passat, Raimond?», em va preguntar, i jo li vaig respondre que «je me suis trenquée la jambe quan tornava a la França». L'Àngel estava espantat de sentir-me parlar d'aquesta manera i va demanar a un metge que em feren un escàner per si el colp m'havia desajustat alguna neurona.

Fabiola em va acaronar el cap. Va dir que s'alegrava molt de veure'm i tot seguit es va enrojolar. «No m'alegre de veure't així, és clar, però em pensava que no et tornaria a trobar. Sembla que vaig prendre malament el teu telèfon». «La pena és que ara quand je sors de l'hospital me'n vais a França i no tornaré en la vida a València», vaig atinar a dir amb un somriure mel·liflu. En acabat, per sort un portalliteres se'm va endur i em van fer tot de radiografies. No crec que descobriren la meua ànima hipòcrita, però.

Van passar les hores, anodines. A la vesprada, allitat amb la cama embenada i en alt, va entrar Estalactita somrient i, t'ho pots creure?, em va anunciar la visita d'una tal Fabiola. Ara no tenia escapatòria. Per un instant vaig pensar de llançarme per la finestra, però vaig recordar a temps les margarides que la mare té plantades sota de la meua habitació i vaig demanar al meu germà que la deixara entrar.

Des d'una distància tímida Fabiola em va

preguntar si em feia mal i jo vaig començar a explicar-li mig en francès i mig en no sé què els detalls de la meua lesió fins que vaig entrellucar unes llàgrimes en els seus ulls. «Però si ets aprensiva millor que je ne te le raconte plus», vaig concloure.

Per tota resposta ella va abaixar el cap i es va fer un silenci incòmode. «He parlat amb el teu entrenador, l'Àngel», em va tallar ella finalment amb un somriure lleu i lúgubre, «pel que sembla no en guanyeu cap, de partit». Vaig calibrar per un moment la possibilitat de destrossar definitivament les margarides de la mare i el meu genoll incòlume, però hi havia un no sé què de *caniche* abandonat en els ulls de Fabiola que m'enganxava a la vida. «Va ser cosa dels amics, en realitat jo no en sabia res», em vaig disculpar. «I per què vas continuar la broma, doncs?, per què tanta crueltat, Raimond...? O com et diguen». «Tu tenies problemes i em vas dir que amb mi havies après a confiar de nou... Què podia fer? No volia que pensares que t'havia enganyat; per això et vaig donar el telèfon de la Policia Municipal».

Tret de les nostres trenta-sis reconciliacions, Cristina, aquest ha estat un dels moments més tendres de la meua vida. Fabiola i jo hem acceptat de començar de nou, sense mentides. «Sóc Brad

Pitt», li vaig deixar caure tot seguit amb els ulls mig aclucats i ella va riure la broma de valent. Ens tornarem a veure, crec.

Records a Charlie Purdey. Avui seria capaç d'estrènyer la mà del teu pare i tot.

Londres, 3 de juliol

Oh! Molt tendra, sí, la teua escena amb Fabiola. Què vols, una medalla al mèrit esportiu? Ets molt lliure de tenir un afer amb una mare soltera, Ramon. Per la meua part no t'amoïnes, no tornaré a caure en el parany de la gelosia, creu-me, em pots confessar obertament les teues cuites amoroses, amb la sinceritat d'un porc rosaci.

Fa vergonya veure els estralls de la gelosia, però normalment qui els pateix no se n'adona. Encara sort que jo tinc la vacuna a casa. Aquest matí el pare ha baixat a desdejunar amb barba de pocs dies, malforjat i amb la corbata damunt la jaqueta del pijama. Per a tu és un ésser abjecte, ja ho sé (ell pensa si fa o no fa el mateix de tu), però si l'hagueres vist aquest matí acaronant el comandament a distància de la tele... Està passant-ho malament, el pobre. Ell pensava que això de l'orxateria seria bufar i fer ampolles, però va per a llarg, em sembla. Em costa identificar el jove estudiant d'econòmiques emprenedor de què parlava l'altra nit la mare o el pare que fa uns mesos va prendre la resolució de venir a fer les Amèriques a Londres amb aquesta cosa decrèpita que es passeja en pijama de ratlles per la cuina de casa. L'ímpetu emprenedor li ha durat tot just vint dies.

Aquest matí s'ha barallat amb la mare per la nostra escapada nocturna i ha dit penjaments contra tot Anglaterra, inclosos els dentistes de St. Marylebone i el príncep de Gal·les. No s'ha salvat ni el Chelsea, de la seua diatriba. Sembla que Charles Purdey el va visitar ahir en el baix de l'orxateria, on per cert ja havien d'haver acabat les obres, i li va anunciar una altra rebaixa de cent lliures en el lloguer. El pare sospita que la mare hi ha tingut alguna cosa a veure, sobretot perquè el senyor Purdey li va insinuar que ella era encantadora. S'estimaria més potser que li haguera dit que era una vaca insuportable i taciturna? Vist així l'amor és poc més que un pla de jubilació anticipada, una propietat més.

La mare no ha contestat res, estava distant. Potser pensava en aquell estudiant d'econòmiques i en si va valer la pena sacrificar tantes coses per aquest barbut d'ara.

No hauríem de triar mai, les persones; això ens fa desgraciades. Jo no puc ser a Londres i a València alhora i, segurament, tu tampoc no pots estimar Fabiola i a mi alhora, si més no de la mateixa manera. Jo què sé! No m'agradava que m'estigueres sempre al damunt com una paparra, fent de l'amor un contracte vitalici, però fa temps que no em dius ratolineta meua, entrepanet meu. No vaig saber interpretar el teu neguit de fa uns dies i el teu nou atac de compulsió mengívola. Em pensava que paties per mi i ara sospite que era Fabiola qui et ballava pel cap. Et va trair el teu subconscient, puceta. D'on si no que el dia més feliç de la teua vida t'hages trencat una cama i no en faces cap més escarafall. Em recorde de l'episodi del molinet de cafè amb el dit sangonós i cridant la teua mare com un possés i no me'n sé avenir.

Lamentablement perdem massa temps en els retrets, com el meu pare, qui mostra ara la seua imatge més agra. No m'estranya que la mare tinga dubtes, si és que de veres en té. Però, per altra part, jo no entenc l'amor d'una altra manera. Per què he de dir-te ara que t'estime, només perquè una xica et va al darrere? Estic massa confusa, puceta.

He passejat la meua inquietud pel famós cementeri de Highgate, on són enterrats tants prohoms anglesos. Highgate és un dèdal d'avingudes on es nuen estranyament el silenci del no-res i l'exuberància vegetal que emana de tant de cos podrit. Per sort no m'hi he trobat cap fantasma exhibicionista.

València, 4 de juliol

Crec que estàs malalta, Cristina. Com, si no, es poden escriure frases de l'estil del cementeri de Highgate és un dèdal d'avingudes on es nuen estranyament el silenci del no-res i l'exuberància vegetal que emana de tant de cos podrit. Mira, a mi no em parles en anglès, per favor, no n'entenc ni un borrall. Potser no ho vols reconèixer, però estàs vivint els preludis de la separació dels teus pares d'una manera traumàtica. Faries bé de visitar un metge i que et receptara alguna mena d'ansiolític.

T'estime només a tu, entrepanet, amoret, bestioleta meua, però em pensava que et feien feredat aquestes demostracions afectuoses, per això les he bandejades del meu vocabulari com la pesta. I tremole que si ara et recite els meus versos pastorívols: «Enmig del prat jo i una vaca / no fem res més sinó pensar en tu. / Jo li dic que al cor tinc una taca / i ella em contesta mu mu mu», m'engegaràs a la quinta forca. Vas d'Herodes a Pilat, Cristina, i el pitjor de tot és que m'hi fas anar a mi.

Potser sí que tens raó en una cosa, al final t'avorriré. Es pot dubtar alguna volta, però no es pot dubtar sempre. No ho sé, em fa l'efecte que aquesta frase la degué dir Napoleó en un rampell d'ironia, però creu-me que jo te la dic amb intensitat.

Fabiola no significa res per a mi. Ni tan sols puc dir encara que és una bona amiga com Lola. Punyeta, l'acabe de conèixer. Sona fatal, ja ho sé, però em fa una certa pena. O és que potser si em fa pena és que ja no la respecte en la seua integritat de dona. Cristina, ja et vaig avisar, deixa de llegir literatura feminista o acabaràs convertida en una gàrgola. Per a mi la relació amb Fabiola és com una mena de voluntariat social i prou.

De moment, però, és ella qui m'assisteix. Ha vingut aquesta vesprada de visita amb la seua criatura, però se n'ha anat de seguida. Hi havia també els brètols de Cèsar i Raül que l'han reconeguda i li han llançat unes mirades sarcàstiques. No tornaré a jugar a bàsquet, t'ho promet, i de fet estic replantejant-me molt seriosament la possibilitat de tornar a llegir un llibre.

Fes-me un racó en el teu cor tenebrós, ratolineta. Teu per sempre. Ramon.

Londres, 5 de juliol

Però què t'has cregut, ratota infecta? Per mi com si vols fer la Prestació Social Substitutòria en casa de Fabiola. No has entès res. No et demane una promesa d'amor segellada amb sang. M'importa un rave que quedes amb qui vulgues i que estimes a qui vulgues. I no em vingues amb histerismes de jovenet romàntic, això no vol dir que et vull menys.

Estic neguitosa, simplement. Fa dos dies que la mare no parla i avui se n'ha anat a fer-se una neteja dental a cal senyor Purdey. A l'hora de la veritat l'imbècil de Charlie no ha volgut saber res del meu queixal corcat i hi ha anat ella sola. Mentrestant he hagut de ser jo qui baixara a l'orxateria a pledejar amb els obrers, el meu pare s'ha tancat al vàter i se'l sentia somicar com una magdalena repenedida. Confie que no faça cap bestiesa. No s'ho val, i encara menys per un dentista de St. Marylebone.

Els obrers m'han rebut amb un repertori de genuflexions digne de la diplomàcia vaticana, però

: fet no tenien cap excusa de pes. Quan he entrat, prop de les dotze, l'un dormia en postura fetal sobre la pastera i l'altre feia una graellada de llonganisses damunt del garbell. Segons el nostre contracte, fa quinze dies que haurien d'haver acabat (en teoria ells van començar les obres fa mes i mig, quan nosaltres encara érem a València), i a tot estirar tot just han aixecat un parell d'envans. Mister Okune m'ha jurat que tenien un problema amb el subministrament d'arena. Primer va ser el ciment, ara l'arena. Segons la confessió d'un veí verdulaire fa dues setmanes que no treballen i que, a costa del nostre crèdit, han convertit l'orxateria en una mena de Baden-Baden. Els he comminat a abandonar el local en menys de deu minuts si no volien que els denunciara al sindicat, a la policia, a l'oficina de protecció del consumidor i no sé quantes coses més, però ells s'han fet els desentesos al·legant que tenien un contracte amb el pare i que no el volien incomplir.

Atès que no els seduïa l'expulsió pactada, he agafat la graella de llonganisses i l'he llançada al carrer. Mister Okune i el seu soci s'han quedat bocabadats de veure el seu com a mínim tercer desdejuni escampat a la via pública, i m'han amenaçat amb no poques tortures. Els crits han atret alguns vianants que s'ho miraven tot amb un respecte flegmàtic. Per sort ha aparegut el meu amic verdulaire, un italià petit, de barba serrada entre el gris i el negre de l'antracita, i ha baladrejat contra els violadors que campen lliures per Anglaterra sense que l'estat se n'ocupe i contra l'opressió dels anglosaxons que persegueixen les minories, un enfilall de consignes que, tot i la desmesura (al capdavall Mister Okune i el seu soci són de raça negra), ha tingut efecte: els obrers han agafat la pastera i els pocs estris de què disposaven i, a males dinades, han abandonat New Cavendish Street.

Ja era hora que algú posara ordre a casa. Entre les gestions del banc i la tasca arquitectònica d'Okune & Company, l'estat de les nostres finances és calamitós: hem de tornar el crèdit i tot just ens arriba per pagar sis mesos de lloguer.

Li ho he explicat al pare, però no sé si n'ha tret massa claríca; estava com esmeperdut, la boca oberta i la mirada fixa en el rellotge del vídeo. Tu que hi entens, creus que potser ha agafat el *moquillo?*

Quan escric aquest missatge són les 11 de la nit i la mare encara no ha arribat. Deu ser la neteja bucal més llarga de la història. Confie que el senyor Purdey utilitze instruments exclusivament odontològics i no faça servir la llengua.

Estic exhausta, però encara em queda esme

per a recomanar-te un llibre, perquè veges que també pense en tu. Què et sembla si comences per *Blancaneu i els set nans?* Creus que és massa elevat per a tu?

Cristina.

València, 6 de juliol

Pinta malament això de la teua mare, ho sent. No es pot confiar en un dentista, què vols?, dir-te una altra cosa seria enganyar-te. Són gent sanguinària. Els conec d'una hora lluny, saps? N'hi ha prou que els veja al costat de la butaca de tortura amb els estris a la mà i ensenyant amb prepotència unes dents immaculades perquè em diga: açò és un dentista. No solten la presa fins que l'arranquen de soca-rel, les dents vull dir.

No et vull alarmar, Cristina, però pel que em dius el teu pare ha entrat en una fase de *moquillo* molt avançada. Porta'l al psiquiatre o tira'l al fem, depèn de com evolucione en les pròximes hores.

Potser t'alegrarà saber que no m'han d'operar de la cama ni m'han de col·locar cap cargol. La inflor del genoll ha desaparegut i en tindré prou si duc una bena elàstica. Fabiola n'estava molt contenta. Bé, ens hem trobat al Centre de Salut, ella havia de dur el menut perquè li feren unes proves. De fet va ser per això que hi va anar la setmana passada. Li diuen Miquel, al xiquet. Pesa set quilos i fa cinquanta centímetres d'alçada. No és molt bonic, en això deu haver eixit al pare, el pobre. Ja diu ta ta ta, però Fabiola se'l mira amb la mateixa emoció que si acabara de pronunciar un discurs al Parlament d'Estrasburg.

Després de la visita al pediatre hem anat a berenar a una cafeteria. El nen no parava de somicar. «Potser és que es troba malament», he insinuat jo. «No, deu tenir gana», m'ha contestat ella. «Ah! Què pot prendre?», he preguntat. «Vols que li demane un *croissant?*» Fabiola ha rigut. Té un riure franc, res a veure amb els dentistes. «No, li done el pit», ha respost. «Ja. Vols que et deixe sola, aleshores?». Fabiola ha tornat a riure. Pel que sembla havia dit una cosa graciosa. No es pot dir que estiguera de gom a gom, però hi havia prop de trenta persones al bar. Evidentment no era cas que se n'anaren tots.

Fabiola s'ha tret el pit amb la soltesa típica d'una bantu, t'ho imagines? Era tot just una muntanyeta, com una dificultat petita per a un muntanyenc en la vertical del seu cos. He procurat mirar amb desimboltura, com si cada dia em citara amb mares solteres i m'ensenyaren el pit. Fins i tot m'he atrevit a suggerir alguna opinió tècnica. En veure la mamella, Miquel s'hi ha arrapat amb una vigoria salvatge i l'ha xarrupada amb la fruïció pròpia d'una ventosa. «Vols dir que no se la menjarà?», m'hi he interessat.

No se la veu molt angoixada, a Fabiola, per haver de criar tota sola el xiquet. És cert que compta amb la família, però a l'hora de la veritat no té un igual al seu costat per a decidir les coses. Tampoc no pateix per això. En un cas així, jo interpretaria els consells dels meus pares com una imposició, però ella sempre té en la boca paraules d'agraïment envers els seus. Tot i la seua aparent docilitat, és forta. Millor dit, no li cal ser forta per a viure. Em fa sentir estrany. L'única manera que jo he trobat de reafirmar la meua personalitat davant la gent és enfrontar-m'hi, discutir-ho tot. Fins i tot m'he arribat a guanyar algun enemic entre els companys del bàsquet per alguna beneiteria. Ella, en canvi, sempre es posa en la pell de l'altre. «És clar que m'estimava», m'ha confessat del xicot que la va deixar prenyada, «ens estimàvem molt tots dos, però era massa jove per a tenir un fill, va tenir por. Això és tot.» I ella, no devia tenir por, punyeta? Hi ha coses que em revolten.

Ah! I parlant de coses que em revolten... He tingut notícies de Lola. Saps aquell cambrer amb qui s'havia embolicat la setmana passada? Resulta que té una nòvia formal a Albacete, no sé si m'entens..., i acaba de descobrir que l'estima profundament. Lola no està especialment amoïnada. Ella sempre ha pensat que els homes érem uns cafres i això no ha fet sinó ratificar la seua opinió. No obstant això, li he prescrit una dieta de bollycaos, sis al dia. Crec que se'n sortirà.

He canviat, Cris, bonica, ja no m'afecten ni els teus exabruptes. Dius que llegesca *Blancaneu* i, com un esperitat, he corregut a complir el teu encàrrec. Ja el tinc en la prestatgeria i delege llegir-lo.

Un bes per a tu i un altre per al teu pare. Com veus, m'he transformat en una persona positiva.

Londres, 7 de juliol

Crec que és la primera vegada que estic d'acord amb Lola, fes-li ho saber. Té raó, els homes sou uns cafres, però tampoc no cal exagerar, teniu també moltes aptituds: el meu pare, per exemple, en els seus millors moments és capaç de carregar tot sol una botella plena de gas o penjar un quadre no massa tort. Bé que ara ni això. Fa llàstima de veure'l, una ànima en pena arrossegant-se del llit al sofà i del sofà al llit. Ahir el vaig obligar a banyar-se i canviar-se de roba. Feia no sé quant de temps que s'estava amb el pijama. Sé que no és una persona digna d'admiració, però és el meu pare, i ha de reaccionar, ni que siga amb dutxes d'aigua freda. Ja ni parla de l'orxateria, ho dóna per perdut, justament ara que comença a fer una calor de mil dimonis, a Londres.

Encara que ja entenc que no en parle. Aquest matí he tingut una entrevista amb la mare i he posat les coses en clar. Massa clar per al meu gust. Pel que sembla he estat els últims temps a la lluna. Els seus problemes venien ja de lluny. Feia temps que ella no estava a gust amb el pare, ni ell tampoc, però feien el cor fort per mi. El projecte de l'orxateria era, doncs, com un salt endavant, però a les primeres dificultats s'ha vist que en realitat no hi estaven realment interessats. Li ha semblat molt bé que tirara els obrers, no tenia cap sentit que continuàrem perdent diners. «Necessite temps per a pensar, Cristina», m'ha confessat, «em fa l'efecte que he posposat massa coses tota la vida. Ara és potser el moment. No seria just per a mi tancar els ulls de nou. Ni tampoc per al teu pare, sempre li tiraria en cara el meu fracàs, ho entens?».

He comprès la mare; amb dolor, però l'he compresa. «Em sembla molt bé això que dius», li he respost, «però creus que el teu alliberament passa per embolicar-te amb un dentista de St. Marylebone?». «Charlie no hi té res a veure», ha somrigut ella. «M'ha vingut molt bé que em deixara el seu apartament per viure aquests dies, però a la meua edat no hi ha massa enamoraments sobtats, creu-me. L'altre dia, a la French House, em va venir tot al cap, els anys de grans i petites il·lusions que vaig viure amb el teu pare. No et penses que és fàcil per a mi. No es deixa d'estimar una persona en un dia. No és el millor moment, ja ho sé, però necessite temps».

De manera que així estan les coses, puceta,

els meus pares en plena crisi adolescent i jo que m'hauré d'espavilar per trobar una feina d'estiu: l'amor no és etern, però els crèdits tampoc. Atès el resultat, potser és millor el que li ha passat a Fabiola. No és agradable per a un fill veure com s'allunyen els seus pares i no poder fer-hi res. Això no obstant, miraré de ser positiva jo també i tractaré de recordar només els moments feliços. Oh, quina immensa pena no disposar de bollycaos ací!

València, 9 de juliol

No m'alegre d'haver pronosticat el desastre de l'orxateria, Cris. Comprèn que estava enfadat perquè allò significava la nostra separació, però, creu-me, jo no hi he tingut res a veure. És cert que vaig llançar una maledicció, i que vaig encendre un parell de ciris a santa Rita, però tu no deus confiar en aquests mètodes acientífics, veritat? Jo tampoc no hi confie, bé que hi ha una inèrcia que m'inclina a practicar aquesta mena de supersticions. Deu ser com una tradició, la mateixa que cada any em fa posar un ciri perquè no em suspenguen cap assignatura.

Què fareu ara? Tornareu a casa, ratolineta? Ja no té massa sentit quedar-se a Londres, no? Sé que no és ben bé el mateix però la teua mare pot trobar ací llocs extraordinaris per a pensar, fins i tot alguna biblioteca amb bibliografia especialitzada sobre abandonaments de llars familiars.

Volia haver-te escrit ahir però em va resultar del tot impossible. No t'imagines com vaig estar d'ocupat. Al matí em vaig alçar a quina hora i no vaig parar de fer coses: que si rentar-me les dents, que si dutxar-me, que si prendre'm la llet. Va ser esgotador, no li ho done a passar ni al pitjor enemic. A la vesprada vaig anar amb Lola, Fabiola i el seu fillet Quel a veure un partit de bàsquet amistós entre el Pamesa València i un combinat de jugadors estrangers. Van confraternitzar de seguida, tot i que Lola es va posar un poc nerviosa amb l'argot curiós que feia servir Fabiola: «Per què han anotat dos punts si només han marcat un gol?», o «Per què es queixen tant els espectadors que falta personal si el pavelló és ple a vessar?». És una intel·lectual, Fabiola; com tu, Cris. Estic convençut que ella sí que ha llegit *El petit príncep* i que fins i tot l'ha entès. El curs que ve comença telecomunicacions a la universitat. T'ho imagines? Te-le-co-mu-ni-ca-ci-ons. Què redimonis deu ser això?

Per cert, he llegit *Blancaneu,* i..., no estic segur, però crec que aquesta vegada sí que he entès el missatge. En realitat hi ha més d'una moralitat, no?: «No menges pomes sense denominació d'origen», «les persones de dimensions reduïdes són ideals per a treballar a les mines de carbó» o «no deixes que t'enterren sense que et facen un bes, no fóra cas de la catalèpsia».

Veus com no sóc tan tanoca, amoret.

Londres, 10 de juny

Estic travessant un dels pitjors moments de la meua vida i no fas sinó rifar-te de mi. Tens el mateix sentit de l'humor petit i barroer que Estalactita; fes-t'ho mirar, al cap i a la fi teniu els mateixos gens.

No crec que tornem a València de moment. El pare no està en condicions de pujar a un avió, i si es tracta de bibliografia sobre abandonaments, no passes ànsia, hi ha molts més llibres a la British Library.

He començat a treballar, puceta. Res d'important. Vaig veure un anunci al diari on se sol·licitava una professora d'espanyol durant tres dies a la setmana i hi vaig anar. Fins al cor de Hampstead, al nord-oest de Londres. Els meus alumnes són els Singleton, una parella sense fills que somnia emigrar a Espanya quan ell es jubile. Em van contractar de seguida en saber que era de València. Estan bojos amb Benidorm. La seua intenció és permutar la seua caseta encantadora amb un petit jardí al davant i al darrere per una caixa de mistos en un bloc d'apartaments a cinc-cents metres de la platja. L'home té una petita afecció pulmonar i està fart del clima humit de la ciutat, tot i que Hampstead, amb el seu aspecte rural, posseeix un dels microclimes més benignes de Londres.

Són una gent amabilíssima, els típics anglesos de maneres suaus i somriure perenne. He arribat a sa casa a les cinc en punt, l'hora del te, i la primera mitja hora s'ha escolat mentre m'atipava de pastes i m'ensenyaven un fum de prospectes i guies de viatge sobre Espanya. Després els he ensenyat quatre rudiments de castellà. Miss Singleton és un autèntic prodigi lingüístic. Ho agafa tot de seguida. Ja sap dir «no hay *pápel higuiénigo* en el *banio*». Quant a Mister Singleton és un poc més dur d'orella i li costa més. Però cal tenir paciència, encara li queden quatre anys per a jubilar-se.

Tracte d'animar el meu pare el millor que sé però no me n'acabe de sortir. Gràcies a la influència d'un veí nostre, Luigi Zanetti, aquell verdulaire italià de què et vaig parlar, tenia una entrevista de treball aquest matí en un restaurant de menjar ràpid i l'he obligat a endreçar-se. Si veres amb quina ràbia ha premut la pasta dentifrícia. «Ell no la vol com jo, Cris», ha somicat. El pobre no s'adona que el problema no és Charlie Purdey sinó ell mateix, la seua gelosia estúpida, i els dubtes de la mare, uns dubtes potser massa antics. Tem que hagen acumulat massa ressentiments i que la reconciliació siga ara impossible.

Per sort, nosaltres no som així. La nostra relació s'ha fonamentat sempre en una franquesa absoluta. Tu sempre has sabut que jo pensava que ets un poc simple, i jo sempre t'ho he dit obertament, sense embuts.

Besets.

València, 11 de juliol

Miquel m'ha agafat un dit i se l'ha posat a la boca durant més de cinc minuts, com un xumet. A Fabiola li ha fet molta gràcia, i jo he fingit que també me'n feia. Creus que la nostra relació ha començat, doncs, amb mal peu, amb un punt d'insinceritat? Segons la teua opinió, què devia haver-li dit per començar una relació adulta entre dos éssers sexualment diferents però amb els mateixos drets cívics? Què hi diu, Virginia Woolf, sobre això?

No sempre es pot dir tot, Cristina. No em referesc al fet que penses que sóc un poc simple, això ja ho sé, i si em va afectar un temps, la veritat és que ara em deixa més aviat fred. No, no és això. Però jo crec que les persones... bé, no sempre és fàcil dir el que realment penses d'algú. Jo, per exemple, mai m'he atrevit a deixar-te caure que pateixes un poc (però només un poc) de supèrbia, sempre he temut la teua reacció. Ara, com que ets lluny... Certament, la sinceritat s'acreix amb la distància.

Avui he acompanyat Fabiola a la universitat. Havia de recollir els impresos de matrícula per al pròxim curs. Si l'hagueres vista! Quina desimboltura! S'ha acostat a un guàrdia de seguretat, li ha preguntat per l'oficina d'informació i s'hi ha dirigit sense cap mena de dubte. M'he quedat sense sang a les venes. Saps?, a mi normalment em matricula la mare, i en canvi ella, tota sola, sense donar-se cap importància, ha arreplegat el sobre.

Fa goig la universitat a l'estiu. Mai no hauria sospitat que aquest recinte acadèmic m'atraguera tant. Les xiques pul·lulen a les escales, davant les aules, estirades damunt la gespa, arreu on dirigeixes la mirada, amb pantalons elàstics curts o faldilles exigües. Durant aquests últims tres anys he estat tan pendent de tu, Cristina, que tot d'una m'ha desconcertat contemplar tanta protuberància dansarina. Em fa l'efecte d'haver passat uns anys catalèptic, com la pobra Blancaneu, i ara de sobte he vist la llum i m'he enlluernat. L'ambient seria perfecte si no hi pul·lularen també grups de xics amb els ulls lascius. Veges si arriba a ser vomitiu que jo mateix m'he sentit incòmode. No hi havia estudiant que ens creuàrem que no dirigira la seua mirada de rajos X sobre el pit o les natges de Fabiola. Són una colla de porcs, els universitaris!

Hem esmorzat al bar de la Facultat d'Informàtica, jo un entrepà de truita, Fabiola un de tonyina i Quel vint minuts de mamella esquerra. Entre mos i mos Fabiola m'ha preguntat què pensava estudiar en acabar el batxillerat i jo he decidit ser sincer: «no pense estudiar telecomunicacions», li he respost. «Sí, ja», ha insistit, «però què?». «Bé, no sé, la veritat és que pensava acabar el pròxim curs i prou». «I què faràs després?», ha tornat ella. Què faré, Cris? A vegades somnie anar a Londres i muntar un negoci com Déu mana, res d'experiments amb el glaç. Aquest desig m'ha mantingut durant aquests dies, però ara tinc dubtes, crec que a mi em costaria més aprendre anglès que castellà al senyor Singleton. I d'altra banda, si tu no tornes, no veig com podem mantenir la nostra relació a través d'Internet, no després de tot el que he après aquest matí a la universitat.

Fabiola opina que jo també podria fer una carrera superior. M'ha fet molta gràcia, la pensada, però ella hi ha insistit. M'ha parlat de l'Institut Valencià d'Educació Física, on puc conjuminar, diu, la meua afició esportiva i els estudis. No sé, a mi em sembla que és conjuminar massa coses, però ella té fe en mi. Està sorpresa que algú com jo, que he llegit poc més que la *Biografia de Michael Jordan* i *Blancaneu,* tinga tant de vocabulari. Li he confessat que he mantingut una relació íntima amb una intel·lectual feminista durant tres anys i que potser això m'ha degut deixar alguna seqüela.

Ai, si em pogueres veure ara! Sé que t'alegraràs per mi: crec que estic superant el *moquillo*. Qui ho hauria dit quan te'n vas anar tan sols fa tres setmanes i desitjava fer una estupidesa. Ja no tinc ganes d'atipar-me de xocolata i pràcticament m'han desaparegut els granets. Potser tot es deu a la influència d'aquests dies. Juliol sempre ha sigut per a nosaltres un mes especial, eh?, sobretot el 12 de juliol, demà mateix, que va significar per a mi el principi d'una nova era, saps què vull dir? Tenies raó, he sobreviscut, i estic convençut que al teu pare també li passarà el mateix. Sobreviurà, superarà el *moquillo* i li desapareixeran els granets, ja ho veuràs.

El teu futur llicenciat en Educació Física que t'estima.

Londres, 12 de juliol

Quina nova era ni quins romanços, el meu pare no té granets, estúpid, tret que li isca algun bubó com a conseqüència dels menjars que serveixen al Chicken Palace, el *fast food* on ha entrat a treballar finalment.

L'ambient del local té la sobrietat d'una cafeteria de metro, amb neons blancs que impregnen els rostres d'una tonalitat macilenta. Damunt, els clients, de joventut malsana i maquillats amb pólvores blanques, s'entesten a accentuar l'empremta Nosferatu. El pare treballa a la cuina, la sala de màquines que diuen, en companyia del nebot del verdulaire, Tommaso: jove, de pell blanca i cabells tan rossos que no endevinaries mai que ha nascut a Crotona, petita ciutat de Calàbria, a la vora de la mar Jònica, fundada pels grecs fa prop de tres mil anys.

Afortunadament, el pare està content amb la feina. Ja no plora, tret de quan pela la ceba de les ensalades, deu quilos diaris. Ell i Tommaso formen part d'un equip de cuiners que ja voldrien molts exèrcits per a infiltrar en les línies enemigues. L'oferta de la casa és una salsa a base de carn, tomaca i espècies encastada en una pasta farinosa. Li diuen la bomba, i els amos del local n'estan molt orgullosos. Així de cofoi es devia sentir Hitler amb les seues bombes volants. Si algun control gastronòmic no els para els peus poden acabar delmant els estómacs de Londres en pocs mesos. Ho sé de bona font perquè he entrat a la cuina, i ni la massa enllaunada marronosa que fan servir es pot considerar carn ni jo em jugaria el coll per la tomaca.

Mentre el pare enverinava una part del jovent del districte de St. Marylebone la mare ha vingut a casa; volia agafar algunes coses seues: bragues, sostenidors, dues camises, un jersei, uns pantalons i una caixa de dotze preservatius. Hem estat parlant de dona a dona. M'ha confessat que el senyor Purdey li ha demanat de viure junts, però ella no vol vincular-se tan estretament amb ningú en la seua debilitat actual, no vol dependre més de cap home. Li he somrigut, un petit plec de llavis que més o menys volia expressar la meua solidaritat. Després m'ha preguntat pel pare i li he dit que treballa de cambrer en un restaurant de luxe. Em sembla que se n'ha alegrat. Tot seguit se n'ha anat i jo he plorat com una magdalena darrere de la porta.

Canviant de tema, la classe amb els Singleton ha sigut insòlita. M'han preguntat com es feia una *paeia* i els n'he fet una descripció nostàlgica i apassionada. Els devies haver vistos amb els ulls fora de les òrbites, tots dos agafant-se les mans. Quan he arribat al punt de cocció de l'arròs, sentien la mateixa devoció que santa Teresa en plena crisi ascètica.

Miss Singleton no respecta cap mètode d'ensenyament, és un caos lingüístic, però aprendrà prompte perquè no té por de soltar-se a parlar. «Cristina», m'ha dit somrient mentre ens acomiadàvem al llindar de sa casa, *«tu cuando fueres entonces guapa»*. He interpretat una aparença de compliment en la seua frase i li he fet un bes a la galta. Des de darrere m'arribava la veu bonhomiosa de Mister Singleton clavant genitius saxons a tort i a dret: *«Oh, Valencia's paeia, Benidorm's sun»*.

Ja veig que has après moltes coses a la universitat, puceta. Qui sap, potser al final faràs un màster sobre *voyeurisme* o sobre d'altres perversions sexuals. Tens raó, després de tot el que has vist al recinte universitari no té cap sentit continuar la nostra relació. M'agrada que t'hages decantat per la investigació. És una tasca sacrificada, però pots aspirar al premi Nobel. Ja has iniciat el treball de camp? Acosta't al Saler, doncs, i espia les banyistes darrere de les dunes. Hi veuràs protuberàncies que et sorprendran.

Només et demane una cosa, en memòria dels vells temps en què et delies per les meues costelles, envia'm garrofó per correu. Vull fer una paella als Singleton i és l'únic ingredient que no he trobat a Londres.

València, 13 de juliol

Punyeta, Cristina, per què t'ho agafes tot a la valenta. Que potser ja t'has transformat en gàrgola? Envia'm una foto de seguida, m'agradaria constatar-ho.

He tramès el garrofó en paquet urgent amb tot el meu amor; si mires bé veuràs l'empremta d'un bes en cada beina. Què més puc fer per acontentar-te, per doblegar la teua susceptibilitat? Demana'm si vols el cap de Charlie Purdey i te'l serviré en safata de plata i amb una poma *delicious* en la boca, però no em qüestiones contínuament el meu afany de saber. Tu sempre has dit que el saber no ocupava lloc. Què té, doncs, de dolent la meua curiositat anatòmica?

És que ja no signifique res per a tu, Cris Cris Cris de la meua aixelleta? Com has pogut oblidar la data del 12 de juliol? És que per a tu no va representar el començament d'una nova era? Recorda-te'n! L'oblit és la mort. Si has perdut la memòria del nostre primer encontre fa onze anys, amb qui podré compartir els meus records? Amb els nostres néts de segur que no, t'ho assegure, estaran massa preocupats amb els seus viatges intergal·làctics per a fer cas del continu repapieig de l'avi Ramon. Cadascú està sol amb els seus records, i si damunt falten les persones que els van compartir, una part de nosaltres desapareix.

Davant la impossibilitat de poder quedar amb tu, anit em vaig citar amb Lola per celebrar el nostre aniversari, teu i meu. Volia estendre'm en una descripció de les teues costelles, però, t'ho pots creure?, Lola no va cessar en tot moment de parlar del seu cambrer d'Albacete, un 12 de juliol, t'ho imagines?, el dia del nostre aniversari. Oh, la gent és molt egoista. Si aquests són els nostres amics, deslliura'ns, Senyor, dels nostres coneguts.

He telefonat també a Fabiola aquest matí per rememorar el meu primer amor i no ha deixat de parlar del seu Quelet, que tenia quaranta graus de febre. Un 13 de juliol, en ple estiu! També són ganes de fotre, el marrec, com si no hi haguera trescents seixanta-quatre dies més a l'any per a caure malalt.

Ni et conte el que em va dir Estalactita sobre tu. Bé, sí, t'ho conte. «Però, nano, encara estàs penjat d'aquella orxatera presumida i calfabraguetes?», em va etzibar. No li vaig dirigir la paraula en tot el dia, no accepte que ningú et diga orxatera, entrepanet meu.

Recordes ara aquell 12 de juliol de fa onze anys? Et vaig veure per primera vegada al tobogan de vint esglaons, no sé com hi devies haver arribat. Jo m'havia acabat de tirar panxa per avall i, en tocar de peus a terra, em vaig quedar enlluernat per la teua aparició sobtada al capdamunt de tot. Quina imatge! Una nena de cabells negres com l'atzabetja que dues petites cuetes tractaven d'aguantar debades, vestida amb pantalons vaquers blaus i una samarreta verda amb un rètol al pit: «Granada». Si tanque els ulls encara evoque les teues primeres paraules: «Aparta't, idiota» i el taló de la teua sabata impactant en el meu llavi superior. No saps amb quin orgull lluesc encara la cicatriu.

He escrit un poema de celebració. Ja veus, torne a ballar-la. Confie que en faces més cas que de l'últim: «Han passat onze anys ja d'aquell impacte / que com l'obús caigué del tobogan / però l'amor per tu perdura intacte / i em fa vibrar tothora com un flam».

Un bes als morros, ratolineta.

Londres, 14 de juliol

No cal que nasquen els teus néts perquè repapieges, Ramon. La teua memòria és ja plena de forats, com un Gruyère. No ens vam conèixer un 12 de juliol. Era al gener i feia un fred que pelava. D'altra banda, no he tingut mai una samarreta amb un rètol al pit que diguera Granada. Devia ser per tant una altra ratolineta la que et va inflar els llavis, puceta, tu sempre has sigut molt promiscu.

A pesar d'això, i tot i no sentir-m'hi identificada, m'ha agradat molt el poema, més que el de la vaca, si vols que et siga sincera. Tens facilitat per a compondre versos, és cert, no me n'havia adonat mai. Potser és que no me n'havies escrit fins que vaig ser a Londres. Punyeta, per què no em vas parlar mai d'una altra cosa que no fóra Michael Jordan i els Bulls de Chicago? Estic d'acord amb Fabiola, ets un diamant en brut, això és el que potser vaig veure en tu, però tret d'un augment de vocabulari em pense que no he sabut cisellar-te cap altra faceta.

Tenies raó, la distància ens fa clarividents, i veig que a tu també et va aclarint molts conceptes sobre mi, l'altre dia em feies orgullosa i ara susceptible. Gràcies per defensar-me davant d'Estalactita quan em va dir orxatera, això m'indigna, ja ho saps, molt més que si m'haguera acusat de ser una bajoca calfabraguetes, és clar.

De debò que has ensalivat tot el garrofó? Mira que arribes a ser porc. Què pretens, inundar la Gran Bretanya de bacteris? No canviaràs mai.

I parlant d'immobilisme, el pare ha descobert la desaparició de la caixa de preservatius i m'ha deixat caure un discurs sobre sexualitat. Se'l notava un poc incòmode i m'ha dit que lamentava haver descurat tant la nostra relació els últims temps, que estava encara desconcertat per la fugida de la mare. M'ha insinuat que al seu parer sóc massa jove per a mantenir determinades pràctiques sexuals, però que aprovava l'ús del preservatiu per a prevenir malalties venèries o la sida. L'he deixat amonestar-me mentre tractava de mantenir un posat càndid i he callat com un confessor jesuïta. Què podia fer, si no?

Ahir a la nit vam anar a sopar amb els Zanetti per celebrar el nou treball del pare. Hi havia el matrimoni Zanetti, Luigi i la dona, Cassandra, i també el seu nebot Tommaso, l'altre cuiner assassí del Chicken Palace, d'uns divuit o dinou anys potser, tímid fins al moll de l'os. Hi havia per a sopar, podia ser altrament?, espaguetis a la napolitana i una carn aromatitzada amb marduix.

Tommaso contrasta amb els seus oncles com un pingüí al Kalahari. Luigi i Cassandra parlen amb vehemència, com si portaren sempre un quartí d'aiguardent al cos, i es dirigeixen al seu interlocutor assenyalant-lo amb la forqueta plena d'espaguetis. Tommaso, prou que es notava, estava afrontat. No ens coneix de res i ens devia suposar uns petimetres de ciutat. Però nosaltres gaudíem de les facècies de Luigi, sobretot el pare, a qui feia més d'una setmana que no veia riure.

A les postres, Cassandra, xopa de vi i riallera com un acordió desplegant-se, va demanar al pobre Tommaso que recitara uns versos, res de comparació amb els teus, puceta, d'un tal Petrarca, un aficionat italià. El jove va posar cara de llebre temorenca, però es va alçar tot seguit amb l'expressió digna d'un condemnat il·lustre, disposat a pronunciar una frase digna de ser recordada. No sé en quin moment va començar a sonar la música al meu cervell, ja saps la manera tan sensual que tenen els italians de parlar, però t'assegure que se'm va posar la pell de gallina quan *il divino* Tommaso començà a desenfilar versos: «Caigué l'alta columna, el verd llorer / que em feien ombra al pensament cansat; / he perdut el meu bé i, desesperat, / pels quatre vents el cerc, no el trobaré». El recitat va desplegar una atmosfera transcendent entre nosaltres que només la perseverança beneïda de l'oncle Luigi va trencar. «Ai, aquest pobre ceballot de poeta ha hagut de fugir d'Itàlia per culpa d'un amor no correspost, on s'ha vist tanta ximplesa?», es va exclamar. Com si s'haguera disparat un ressort mecànic, Tommaso va llançar el tovalló a terra, en un rampell del tot inèdit en ell, i es va dirigir al seu oncle, amb tota la metzina que només els ulls de la màfia calabresa poden contenir. *«Imbecille»,* va cridar, i se'n va anar corrents del menjador.

El pare, per trencar el gel, va lloar els plats de Cassandra, la qual es va fondre de plaer llançant a tort i a dret petits escarafalls. «Hauríem de muntar una pizzeria, nosaltres, Cassandra, tu a la cuina, i Tommaso i jo servint taules», va reblar el compliment el pare. «I jo què?», va protestar sorneguer Luigi. «Tu a la porta del restaurant, cantant tarantel·les en samarreta interior», va cridar la seua dona escurant d'un glop una copa plena a vessar de *chianti*.

Aleshores Luigi va començar a cantar una tarantel·la napolitana. El pare tot just s'aguantava dret i l'escoltava amb l'expressió idiotitzada de qui és a punt d'entrar en coma etílic mentre Cassandra dansava com una possessa al voltant de la taula.

Vaig anar a buscar Tommaso. No em podia confondre, la seua vergonya s'amagava darrere de l'única porta tancada. Vaig tocar i vaig entrar sense esperar resposta. Tommaso era damunt del llit i tenia la mirada perduda en un petit escrostonament del sostre. «Perdona els meus oncles, són un poc rudes però bona gent», va mussitar. «És bonic el poema que has declamat», el vaig tallar jo per traure ferro a l'assumpte. «Sí, però no és aquest el que més m'agrada, no és més que un artifici retòric, m'estime més els versos apassionats de Gaspara Stampa, que va patir la mateixa malaltia que jo». Tot seguit va tancar els ulls i va recitar lentament, assaborint i matisant cada paraula: «La teua fletxa, Amor, despietada / és més cruel i fa un dolor més fort / que aquell que fa la Mort; / que amb la Mort ens morim una vegada, / i tu, amb el teu colpir, / en mates mil, i no podem morir. / Per tant, Amor, fa molt menys mal / la Mort que no el teu dard fatal». «Et va fer molt de mal, la teua xicota?», li vaig preguntar. «No», em va respondre ensenyant-me els canells marcats, «el mal me'l vaig fer jo».

Per què, Ramon, fa patir tant l'amor? Potser

és que jo no m'he enamorat mai realment, o potser és que no sóc ni la meitat de bleda que vosaltres i no confonc els sentiments amb un credo o amb una ruleta russa. Qui sap? De tota manera, creus que s'ho val? La distància tot ho cura, això ho sabem molt bé nosaltres, i Déu sap quants espaguetis a la napolitana es devia haver perdut Tommaso si els seus amics no l'hagueren descobert a temps. La ràbia em fa palpitar com una locomotora, però no ho puc evitar, no puc entendre tanta passió.

Un bes amb regust de tomaca.

València, 15 de juliol

No tinc paraules. De debò, les he buscades, però no tinc paraules. Digues-me només una cosa, i sigues sincera, Cristina, ho puc aguantar (quan un ha mort ja mil vegades, tant se val una fletxa de més o de menys): li vas besar les cicatrius, digues-me, li les vas besar, al *divino* Tommaso?

Si ell tracta de suïcidar-se és un ésser apassionat, i si per contra jo m'estaque una caixa de pastilles Juanola i sis bollycaos a l'estómac sóc un romàntic histèric, em pots explicar la diferència?, ja saps que les regles de tres no són el meu fort.

Oh, Cristina, de veres que vas tenir aquella conversa amb el teu pare? Estic espantat. És a dir, que jo era un depravat per besar-te sense llengua a la porta de ta casa i ell es permet adoctrinar-te sobre l'ús dels preservatius. Veus com és un monstre! És que no te n'adones?

He llegit el teu missatge i tot seguit m'he posat els pantalons, la part de la cremallera al darrere, perquè et faces una idea del meu estat d'ànim.

Oh, punyeta! Tot just fa un mes que estem

separats i, per celebrar-ho, agafes una borratxera en casa d'un calabrès. Què se suposa que he de fer jo ara, Cristina, em llance de cap contra les margarides de ma mare? És molt fàcil comportar-se amb aquesta fredor a Londres, però ací fa calor, saps?, no és Calàbria, això és cert, però els nervis també s'exciten i un pensa seriosament a fer bestieses, se't posa com una mena de vertigen i poc després et trobes fent coses que ni sospitaries. He tornat a menjar xocolata, sóc dèbil, ho reconec.

Encara sort de Fabiola que m'ha tret d'aquest ensopiment romàntic. Pel que sembla, els bebès es posen bons amb la mateixa facilitat que de no res agafen una febrada. Hem quedat per a anar al cinema, una pel·lícula d'aquestes que fa estremir les vísceres, la setena part del retorn de no sé quin mamarratxo diabòlic. Ah, t'ho pots creure?, Lola s'ha ofert per quedar-se de cangur amb el Quel, no m'estranyaria res que les primeres paraules que pronunciara el xiquet estigueren relacionades amb Michael Jordan. Està obsedida, i des del seu desengany amorós encara més. Caram... com passa el temps, fins fa quatre dies Lola em feia de cangur a mi.

Amb Fabiola és impossible veure una pel·lícula de por. M'ha clavat les ungles al braç quan han començat a aparèixer els títols de crèdit i no s'ha soltat fins al *The End*. Semblava un gos de presa. «Que no passa res», li he xiuxiuejat un parell de vegades, «és una *pel·li,* i a aquest actor li deuen haver pagat un grapat de dòlars per deixar-se arrancar el cap». No hi havia manera, li he hagut d'acaronar la mà i tot perquè disminuïra la pressió. T'ho imagines?

No sé què dir-te, el teu missatge m'ha deixat abatut, xafat, no tinc ganes ni de mirar-me a la cara. No vull que et sentes culpable, però segurament aquesta nit dormiré poc. T'he de deixar, ratolineta, tinc el temps just, Lola i jo sopem a casa de Fabiola i després hem quedat amb els brètols de l'equip per a anar a una discoteca.

Londres, 16 de juliol

Et comportes com una ploranera. Després de les teues escaramusses eròtiques amb Fabiola, creus que té algun sentit interpretar el paper d'Otel·lo, l'etern gelós, amb mi? Vigila, potser ets tu qui s'està transformant en una gàrgola gòtica.

Em fa l'efecte que no vols afrontar la realitat, Ramon. Fa uns dies vaig intuir el que passava, però ara n'estic segura, t'has enquimerat amb les costelles de Fabiola, i et vols enganyar amb una demostració de gelosia que ni tu mateix no et creus. No, Ramon, aquesta vegada no passa, les teues accions et traeixen, és la teua manera inconscient de dir-me que ja no m'estimes, o que potser ja no t'empassaries per mi una caixa sencera de pastilles Juanola. Em sembla just. Ningú no hauria de fer bogeries d'amor per ningú.

D'altra banda, deixa'm dir-te que t'ho agafes un poc fort, no?, la teua història amb Fabiola. Vols dir que calia anar a sopar a sa casa. Supose que els seus pares també hi devien ser. I Lola, en concepte de què hi anava, a traure la cara per tu?

Estic tranquil·la, molt tranquil·la, potser perquè mai he donat un duro per nosaltres. Sabia que la nostra era una relació impossible, com la bella i la bèstia, Marc Antoni i Cleòpatra, Tarzan i la mona Xita. En fi, Ramon, temps al temps, ja em diràs alguna cosa, però no esperes de mi un trencament a la calabresa. Si una vegada vaig tenir un rampell de gelosia, es va consumir per falta de combustible. Jo no sóc d'aquesta mena. Tu ho has dit, sóc freda. Els meus sentiments per tu no han canviat, i si ara em tens en un segon terme sabré gaudir de la teua estima per petita i ridícula que siga.

He rebut el garrofó i l'he remullat amb unes gotes de lleixiu. Avui diumenge no tenia classe amb els Singleton, però m'he presentat a sa casa disposada a fer una vertadera paella valenciana o a morir en l'intent. Mister Singleton ha tingut una alegria d'aquelles tan angleses, farcida a tort i a dret d'interjeccions. Ha cridat la Katy, la seua dona, que era a la part de darrere estenent la roba per aprofitar les poques hores de calor (tot i el mes de juliol, ací hem tingut una setmana de plugim persistent). Miss Singleton ha rematat les exclamacions del seu home amb un oh perllongat i agut que li deu haver costat un esforç suprem de les cordes vocals. *«Ooooh!!! Tu, Cris... tina. Que sorpresa!*

Has decido una paeia antes y... ya estás allá, entonces», s'ha exclamat en el seu galimaties inintel·ligible.

Tots dos estaven commoguts. Mister Singleton ha gravat en vídeo la cocció del plat, i també l'àpat, quatre hores en total, en panoràmiques diverses i personatges diferents: ells dos sols, amb mi, cadascun per separat, totes les posicions que et pugues imaginar. En acabat, Katy ha col·locat l'arròs sobrant en bols de plàstic petit i l'ha guardat al congelador per a tota la setmana, tot i que jo he insistit que els en podria fer sempre que volgueren. *«Pero Cristina, bobita»*, m'ha somrigut Miss Singleton, *«Saddam Hussein es una bomba atómica»*. Vés a saber què ha volgut dir.

A l'hora de l'adéu m'han regalat una tassa de te estrafolària que va pertànyer a la besàvia de Mister Singleton, una peça única per sort, no sé on redimonis podria haver amagat la vaixella sencera.

La mare ha telefonat. És a Beachy Head, una platja a prop d'Eastbourne, al sud d'Anglaterra, sobre les aigües del canal de la Mànega. Hi passa el cap de setmana en companyia de l'inefable Charlie Purdey. Ahir van assistir al teatre de l'òpera de Mr. John Christie, un concert encisador de Händel, diu. Ja comença a carregar-me tanta musiqueta. No sé a què juga la mare. Deia que havia de reflexionar sobre el seu futur sense cap influència masclista i no para d'exhibir el seu amant per tot el comtat de Sussex. Pensava que l'esperit de Virginia Woolf, que va morir a pocs quilòmetres d'on ella pren el sol, la influiria d'alguna manera, però, pel que respecta a la mare, Virginia Woolf va morir debades.

El pare té l'esperança que torne. «Només necessita uns dies per a pensar, Cris, ja ho ha fet altres vegades», diu. Així de confiada es devia sentir Maria Antonieta poc abans de la presa de la Bastilla. El trobe millor, el pare, això no obstant. Sembla que va de debò la idea de muntar la pizzeria. En tornar de cals Singleton l'he vist en companyia del matrimoni Zanetti traçant línies sobre els plànols de la verdureria de Luigi. Veient-lo tan alegre i engrescat comprenc que la mare s'hi sentira atreta. Ja veurem ara quant li dura la corda.

Només veig problemes sentimentals pertot arreu: els pares, Tommaso, nosaltres... Per què és tot tan difícil, Ramon? Comprens ara per què m'agrada Turner? Veig els seus quadres i, sense exigir-me cap fidelitat malaltissa, em fan sentir alguna cosa.

València, 17 de juliol

Quines ganes que tens de liquidar la nostra relació! Quina mania! Ja t'he dit que entre Fabiola i jo no hi ha més que una amistat sincera. Ens va convidar a sopar, a Lola i a mi, en agraïment per haver-la portada al partit; què volies que li diguera? Potser ets tu la que vols el camí lliure per coquetejar amb *il divino calabrese*. No crides, no crides, m'apresse a rectificar, no fóra cas que la divina Virginia Woolf es remoguera a la tomba: tu no necessites permís de ningú per a coquetejar amb qui vulgues, ja ho sé. Déu sap en què devia estar pensant, jo.

Els pares de Fabiola no tenen ínfules orxateres; no hi ha perill, per tant, que m'encomanen una influència negativa. Són molt planers, tot i que se'ls veu d'una hora lluny que toquen pasta, però molta pasta, saps?, res d'hipoteques ni galindaines de mena. El pare, Maties, es dedica pel que sembla a passejar un pastor alemany i la mare (no en sé el nom, fins i tot l'home li diu mamà) té una botiga d'antiquari on es deixa caure de tant en tant.

Quin nivell! Es fan servir la manduca per una senyora encarcarada vestida amb una còfia blanca. En fi, ni se t'acudesca tirar-te un rot a taula, més per la criada que no per ells, que en definitiva són bastant normals.

Va ser un sopar d'aquells de molt de cobert i poca consistència, «una simfonia de sabors», repetia Maties. No sé, ja saps que a mi la música clàssica no m'acaba de fer el pes. No he dit que no estiguera bo, eh?, simplement és que tenia poques notes, per a continuar la metàfora.

La vetlada, tot i amb això, va ser agradable, tret d'una confusió enutjosa amb el vi. «Avui ens farà els honors Ramon, Carme», va dir Maties a la de la còfia. La tal Carme va vessar aleshores un rajolí de vi al meu got i es va esperar al meu costat, tesa com un sergent de la guàrdia reial.

Ja coneixes la meua història amb la beguda, em traus de la Coca-cola i tot és un vertigen. Em vaig beure el culet de vi per no quedar malament, però és coneix que amb això no n'hi havia prou. «Senyor?», em va inquirir la senyora de la còfia. «Què?», vaig preguntar jo un poc tèrbol. «No t'agrada?», es va interessar Maties. «La veritat és que no», vaig confessar encongit però disposat a ser sincer. «És un bordeus del noranta, senyor», va pronunciar la criada amb una certa sorna. «Ho sent», em vaig disculpar. «I ara!», em va defensar Maties, «vinga, Carme, porte un borgonya». «Un borgonya? N'està segur?», va contestar ella, com si li haguera demanat el ronyó esquerre. Em sabia greu demanar-los una coca-cola, no volia ser desconsiderat, així que vaig mussitar: «Per mi no ho facen, jo m'apanye amb qualsevol cosa». Però Maties no en volgué saber res: «No caldria sinó, això passa sovint amb el vi».

S'hi va produir un silenci incòmode mentre Carme portava el maleït borgonya i l'obria amb el mateix cerimonial que si invocara l'Esperit Sant. De nou em va abocar un rajolí de vi al got i es va quadrar al meu costat, ansiosa, com si esperara les ordres per a partir a cavall en una missió impossible. «Senyor?», va tornar a dir. «Què?», vaig repetir jo també. L'atmosfera era tensa. Lola havia suspès un tros de peix enlaire i el mantenia a mig pam de la boca oberta. Tothom em mirava i vaig sentir que em pujava una escalforeta a les galtes. «Tampoc no t'agrada?», se m'atansà preocupat Maties. «Crec que vomitaré», vaig exposar amb tota la suavitat de què sóc capaç. «Vaja, ho sent», va dir contrariat Maties, «Carme, porte un rioja, i un sauternés, i un penedès». «No, per favor, no podria suportar-ho», el vaig tallar angoixat. Per sort Fabiola va intervenir a temps d'evitar que em portaren el celler sencer: «Potser és que no li agrada el vi», va suggerir. «Ho lamente però no estic acostumat a beure», em vaig disculpar tímid.

Com per art d'encanteri la tensió es va esvair. «Així, doncs, el vi no estava picat?», va celebrar Maties. «Picat? No ho sé», vaig respondre, «no n'havia tastat mai, de vi». «Torne a portar el bordeus, doncs, Carme, i...», em va dirigir una mirada inquisitiva: «Una coca-cola, si en tenen, gràcies», vaig mussitar.

Te n'adones, Cristina? Quin nivell, la gent de pasta. Em cau bé, la família de Fabiola, són molt afables, no em costaria gens acostumar-me a menjar cada dia una simfonia de sabors, encara que haguera de ressopar en acabat a casa.

Després de l'àpat vam anar a ballar a la disco. Miquel es va poder quedar en companyia dels avis perquè Fabiola s'havia munyit un got de llet i el va deixar en el refrigerador. No tenia ni idea que es pogueren fer aquestes coses. Però no cal traure les coses de polleguera, encara en veurem de més grosses, recorda-te'n, qualsevol dia vendran llet de mamà a les benzineres de l'autopista.

A la discoteca ens vam trobar les amigues de Fabiola i els impresentables de l'equip, que feia estona que maldaven perquè els expulsaren del local. Roger, Raül i Cèsar ens van fer una xiuladissa amb cinquenes intencions i els vaig engegar a un lloc pestilent i tou. Què he fet jo perquè tots m'emparelleu amb Fabiola? Al capdavall només he sopat amb els seus pares, no he adoptat el seu fill.

Després de les salutacions tothom es va posar a ballar tret de mi que arrossegue encara molèsties al genoll i Fabiola que em va voler fer companyia. Em va demanar que li parlara de tu, i jo li vaig contar l'anècdota del tobogan. Tots dos vam riure molt de la teua falta de memòria. Per cert, de veres que no has tingut mai una samarreta verda amb la inscripció Granada al pit?

Tot seguit ella em va parlar de la seua il·lusió per volar i se li van entelar els ulls. «De menuda somniava ser la primera valenciana que pujara a la Lluna i ara...» «Sempre pots fer l'avionet a la terrassa de casa», la vaig interrompre jo, que no he entès mai la mania de l'home per alçar els peus de terra. Fabiola va somriure i em va preguntar: «I tu, no tens cap somni impossible?» «Sempre he desitjat ser el primer valencià a reencarnar-se en Michael Jordan», vaig respondre. Fabiola va tornar a esclatar: «Tu sempre em fas riure», em va dir. «És un do familiar que he heretat amb el meu germà Estalactita».

No em va fer gens de gràcia descobrir tot de

cares que ens observaven amb posat de celestina i em vaig regirar incòmode. «Que no vols ballar, Fabiola?», li vaig preguntar de sobte. «Estic molt a gust amb tu», va somriure ella. «Doncs jo estic avorrit de tanta xerrameca, per què no vas a fer una volta?, vull estar sol.»

Fabiola es va sorprendre d'aquest inesperat exabrupte i es va reunir amb recança amb la resta de la colla. La vaig veure ballar des de lluny sense ganes. No podia llevar-li els ulls de sobre. Que en som, d'estranys! Em delia per disculpar-me, per parlar amb ella, però les teues al·lusions i les dels companys m'havien tret de polleguera, no volia que es malinterpretara el meu desig d'amistat. Ja veus, per culpa d'aquest perjudici estúpid de nou li havia tocat el rebre a Fabiola.

Al cap de poc ella i Roger es van acostar a recollir les jaquetes. «Cuida't, Ramonet, i fes el favor de no ballar cap polca», em va engegar el meu amic. Fabiola va mig apuntar un somriure. «Adéu», va dir anant-se'n. Em vaig incorporar sorprès com un rinoceront a la tribuna d'oradors de les Nacions Unides i, coixim-coixam, els vaig anar al darrere: «Però... Espera, que et porte», li vaig cridar sense massa èxit per l'estrèpit de la música. Els vaig perseguir fins al pàrquing, just per veure com desapareixien a tota velocitat en moto. Al meu costat, un guàrdia de seguretat amb ganes de broma em va deixar caure: «A mi també m'ho van fer una vegada». «I és per això que se li va quedar cara d'imbècil?», li vaig etzibar. Per sort, però, aquell homenàs va decidir perdonar-me la vida i em vaig asseure aixafat a la porta de la discoteca.

Què podia fer, Cris? Tu saps com condueix Roger? Està convençut que les motos només tenen la roda de darrere i va sempre desbocat com un cavall. Vaig agafar un taxi i vaig indicar-li la casa de Fabiola, tremolós de trobar-me el seu cos tirat en alguna cantonada. Em sentia responsable d'alguna manera, ho entens? Ho has d'entendre, punyeta!

No hi havia ningú al pati quan hi vam arribar, els llums eren apagats i vaig pegar els ulls a la porta per si de cas els sorprenia fent-se magarrufes en la foscor. De sobte una cosa negra va topetar contra el vidre i em vaig endur un dels ensurts més considerables de la meua vida. Poc després es va il·luminar el pati i aparegué Maties, el pare de Fabiola. La cosa negra que havia percudit contra la meua cara era el musell del seu pastor alemany, que en obrir va eixir corrents a pixar el bruc de la tanca. «Què fas ací, Ramon?», em va preguntar Maties. «Que ja ha arribat Fabiola?», el vaig interrogar jo. «No ho saps? Fa vint minuts que és a dalt». «Sí, sí, és clar», vaig dissimular, «és que volia assegurar-me que no s'havia quedat a l'ascensor». «Ja. Vols que li diga alguna cosa?», em va demanar. «No, no res», el vaig tallar, «vaig a morir-me un poc a casa».

Què m'està passant, Cristina? Per què em comporte així? Quin fat capciós m'ha capgirat la vida? Fa poc més de dos mesos jo era un jove despreocupat i feliç. Ignorava quin destí en forma d'orxateria m'estava per caure al damunt, però ara sóc un mar de confusió. Et trobe molt a faltar, Cris. És que potser he tornat a agafar el *moquillo?* Tinc una caixa familiar de xocolatines Nestlé entre cames, i no sé què pot passar. Açò és una bomba que pot explotar en qualsevol moment.

Londres, 18 de juliol

Per a no haver llegit més que *Lliçons de bàsquet* i *Blancaneu* t'expresses amb la mateixa rotunditat que un personatge de Sòfocles. Tens un problema gros, Ramon, se t'ha posat al cap que no pots estimar dues persones alhora i et negues una evidència que, tret de tu, tothom coneix a València. Pel que sembla, el teu interès per Fabiola va més enllà de la Prestació Social Substitutòria.

Tu tot ho fas tràgic. Per això algun dia, quan descobresques la teua passió per les costelles de Fabiola, et veuràs en l'obligació de decidir per quina de les dues t'empassaries una caixa sencera de pastilles Juanola i això et farà prorrompre en monòlegs punyents farcits de preguntes retòriques. «Quin fat capciós m'ha capgirat la vida?» és només un indici.

Pobre Ramon, em recordes un personatge de Shakespeare que també s'ho agafava tot a la valenta, Hamlet, però no et dic com acabava la seua història per no preocupar-te. En fi, tu mateix deies que les coses no són sempre tan simples.

Tot i amb això veig que no tot són nuvolots en la teua vida. Enhorabona! Pel que em contes has emparentat amb l'aristocràcia. A partir d'ara tens unes responsabilitats indefugibles. No sé si havies pensat en això? No tot seran flors i violes en el teu nou estatus, d'això pots estar segur. Segons com, passejar un pastor alemany té la seua dificultat, però sempre pots comptar amb el bo de Maties, eh?

Jo de moment no vull complicar-me tant la vida. He eixit a passejar amb Tommaso, sí, però no per coquetejar, com tu dius. El Chicken Palace no comença a enverinar joves incauts fins a l'hora de dinar i hem anat a visitar el British Museum, que ell no havia vist encara, a primera hora del matí. Hem contemplat la sala d'antiguitats gregues i una col·lecció de dibuixos de Miquel Àngel. No hi havia temps per a més, suficient per a deixar-nos bocabadats. Tommaso ha recordat uns versos del pintor italià. «Aquell qui féu el tot féu cada part / i del conjunt n'escollí la més bella, / per mostrar-hi la seua meravella; / divinament ho ha fet amb el seu art».

M'agrada Tommaso, amb ell puc compartir coses que el meu pare considera extraterrestres, fa que no em senta tan sola a Londres, però no patesques, no m'ha passat pel cap fundar una família amb ell ni comprar-nos un adossat a Hampstead.

La mare ha telefonat. Arriba aquesta nit de Beachy Head i vol parlar amb mi. És l'únic missatge coherent que li he entès entre sanglot i sanglot. Déu sap què li deu haver passat. Potser ha descobert que Charlie Purdey ronca, o que té una dent corcada, o que en realitat no està divorciat i té set fills escampats per tot Anglaterra, vés a saber.

Ciao, bambino.

València, 19 de juliol

És a dir que, segons tu, un pot estimar més d'una persona i no passa res. Vull dir estimar en majúscula i amb totes les hacs intercalades que calga, no allò d'estimar la humanitat com a bons cristians. Es coneix que t'has equivocat de país, Cristina. Per què no te'n vas a la Polinèsia i et poses una anella al nas?

Em sembla que tu ets l'única que ha triat ací. De veres vols que em crega que Tommaso, *il calabrese,* només està interessat a veure estàtues? Tu creus que em mame el dit, eh? Mira'm a la cara i digues-me si creus que em mame el dit. En quin món espiritual et creus que vius? He llegit atentament el poema aquest de Miquel Àngel. Només una pregunta: te'l va declamar, *il divino* Tommaso, mentre et mirava amb els ulls mig aclucats i en blanc? No cal ser un expert per a descobrir que la poesia es referia a tu. Quina diferència hi ha entre aquests versos i els meus sobre la vaca? Jo t'ho diré, els uns te'ls va recitar una persona que et cau en gràcia, bé que no el coneixes ni una setmana, i els altres te'ls vaig escriure jo, que vaig darrere teu des que em partires el llavi superior als cinc anys. Almenys un servidor va tenir la decència de no utilitzar un poeta intermediari. No em confongues, per tant, ni em vingues amb aquesta punyeta de l'amor universal. Comenta-li si no al teu pare això de compartir la seua dona amb un dentista de St. Marylebone, veges què et diu.

Quina sorpresa! Estic enrabiat, però no em sent gelós. Potser és la dieta a base de xocolatines que em té endormiscat el cervell, o potser és que tu tens raó i jo també he triat finalment, no ho sé.

Aquesta vesprada he tractat de parlar amb Fabiola, per disculpar-me, crec, però sempre se'm posava la de la còfia al telèfon. «Ja li he dit que la senyoreta diu que no està», m'ha arribat a confessar, sense cap mena de pudor, t'ho imagines?

He anat a la pista i he llançat pilotes a la cistella fins que s'ha fet fosc i el genoll, adolorit, ha dit prou. Després he passejat sense rumb, coixim-coixam, i sense saber com, m'he trobat al llindar de casa Fabiola. No sé què pensar? M'he recolzat a la tanca de bruc, a tocar d'on el pastor alemany té el costum de marcar el seu territori amb un degotim nerviós d'orina, i m'he menjat dos bollycaos, lentament, com si alguna cosa m'impedira engolir. Digues-me si açò no és *moquillo?*

Londres, 20 de juliol

M'agradaria tant fer-te un bes ara, puceta. No faig sinó pensar en tu, tot sol, arraconat entre els pixats dels gossos, i no em vénen ganes de cantar himnes d'alegria. La teua imatge no és per a sentir-se orgullós, certament. Però no t'hi amoïnes, ja saps que el temps ho cura tot. Potser tens raó i no es poden estimar dues persones alhora, no de la mateixa manera, però això no vol dir que només estima qui pateix. Sé que et servirà de poc consol, però ara que et perd m'adone de com et vaig estimar realment, de com la mona Xita pot arribar a estimar Tarzan, si em permets la comparació. En aquestes hores de recança, l'únic consell que puc donar-te, amic meu, és que canvies de dieta, la xocolata t'està matant.

Ves per on la mare també ha agafat el *moquillo.* Atesos els casos, comence a sospitar que hi deu haver una epidèmia d'abast europeu. La pobra es debat entre dos amors, si l'un fet de rutina, l'altre farcit d'òpera. Finalment haurà de triar ella també i sap que això comporta una renúncia: patirà.

Vam parlar anit de mare a filla, però amb els papers canviats, ella la filla i jo la mare. No cessava de plorar mentre em contava que bé que ho havia passat a Beachy Head; em va descriure entre sanglots l'enorme llagosta que s'havia cruspit regada amb Moët Chandon i es va lliurar a un afligit relat d'un passeig de mar de la mà de Charlie. Sentint tanta desgràcia no em vaig poder estar d'exclamar: «açò sí que són problemes, i no la gent que no para de queixar-se que es mor de fam a l'Àfrica». Però no li parles de justícia universal a qui s'ha clavat una punxa al dit, només és capaç de veure el seu dolor.

La mare estava consternada, sembla que en un determinat moment (per la descripció velada que en féu era evident que l'intrèpid senyor Purdey i ella efectuaven contorsions musculars al llit) se li havia aparegut el pare. Francament, n'he sentides de tots colors en qüestions d'aparicions, des de santa Teresa d'Àvila fins a sant Pasqual Bailon, però no havia sospitat mai que el meu progenitor formara part del santoral. «I què pretens», li vaig etzibar, «la seua benedicció?». «No sigues tan dura amb mi», es va defensar ella, «ja et vaig dir que no és fàcil deixar d'estimar algú. Encara estic confusa».

Em pensava que ja tenia problemes amb el pare abans d'aparèixer el dentista, que se sentia buida de tanta renúncia, però ara em vaig adonar que centrava tot el seu conflicte en l'elecció d'un dels dos. Li ho vaig fer notar. La mare va sanglotar una vegada més abans de respondre: «He caminat tant de temps del bracet d'algú que m'és difícil fer-ho ara tota sola. En el fons Charlie és com el teu pare, només estan interessats en ells mateixos: el seu cotxe, les seues dents, la seua orxateria... No sé què fer, Cristina».

Vist que no es pot tractar amb una magdalena histèrica, me la vaig endur a cals Singleton perquè recapacite uns dies en un ambient neutral. Henry i Kathy estaven encantats davant la possibilitat de practicar castellà a totes hores. No em van fer cap pregunta, només els va interessar saber si la mare també era capaç de fer una paella. Els vaig respondre que millor que jo i se'n va anar a preparar l'habitació d'hostes enmig d'un concert d'interjeccions joioses.

El pare, ignorant de tot, ha començat a moure amb Luigi i Cassandra l'assumpte de la pizzeria. De moment ja tenen el nom, El Verd Llorer, en al·lusió al poema que va recitar Tommaso l'altra nit. Confie que aquest verd llorer no s'estimbe com en la poesia de Petrarca.

Tommaso i jo hem fet un passeig en llanxa pel Tàmesi, des de Charing Cross fins al poble de

Greenwich, el del famós meridià, una mitja hora més o menys arrossegats pel riu a través dels dics, dàrsenes i molls artificials que es van construir per donar cabuda al creixent trànsit portuari de Londres i que s'han anat abandonant a mesura que augmentaven les dimensions dels vaixells.

Davant d'aquesta escenografia decadent li he parlat de tu i de Fabiola i s'ha posat trist. És tan sensible. No li cabia al cap, al pobre, com una persona podia arribar a ser tan salvatge com tu. Ell opina que encara et mereixes molt més per haver tractat despectivament Fabiola, que si ell fóra el pastor alemany de Maties t'hauria pixat els peus.

Passe el que passe, Ramon, mantingues la dignitat.

València, 21 de juliol

Anem per parts, Cristina: en primer lloc Tommaso és un imbècil i en segon lloc, també. Ja sé que no em vaig comportar bé amb Fabiola, i prou que ho patesc, no cal que m'ho recorde cap poeta de mala mort.

He passat la nit a l'aire lliure, només a l'abric del sac de dormir. M'agrada sentir la frescor de la matinada, això m'ajuda a pensar. Quan tinc un problema agafe els estris de càmping i escampe la boira, lluny de casa. He fet bivac sobre el terra mateix, a prop d'un massís de flors, margarides em sembla. Per cert, pots dir-li a Tommaso que el gos no m'ha pixat els peus, però en canvi m'ha trepitjat de dalt a baix i ha deixat anar un rajolí groguenc sobre el sac quan ha eixit a passejar aquest matí en companyia de Maties, digues-ho al Tommaso, això el farà baquejar-se de riure com una hiena.

Com ja deus haver suposat pels detalls, he acampat al jardí de ca Fabiola. Maties s'ha estranyat un poc de veure'm estirat allà i jo li he mentit, per no preocupar-lo: «He quedat amb Fabiola a primera hora; ho faig sovint, això, sempre procure dormir prop d'on quede per no fer tard; no tinc un despertar fàcil», li he deixat caure. Maties m'ha mirat de fit a fit, amb una certa inquietud, però si sentia alguna petita desconfiança se l'ha callada i m'ha concedit permís d'acampada. «Pots venir sempre que vulgues, Ramon, ací tens la teua casa, ja ho saps», m'ha assegurat. Després ha insistit a convidar-me a desdejunar. «No», li he dit, «vull estar ací quan baixe Fabiola». «Aleshores no t'hi amoïnes, Ramon, tens temps de sobres, la meua filla tornarà diumenge; se n'ha anat a passar uns dies a la platja, a Cullera, a casa d'una tia.»

M'he desdejunat un poal de xocolata. Què podia fer? La cambrera m'ha omplit el got a vessar i jo li he subjectat la mà tremolós com un alcohòlic amb síndrome d'abstinència: «Deixe el pitxell, per favor», li he dit. Ella ha mirat Maties amb indecisió i aquest li ha fet un gest d'assentiment. No ha estat fins després de la segona tassa que hem començat a parlar. «Teniu problemes, no és això?», m'ha etzibat ell a boca de canó. «No sé què em passa, Maties», m'he confessat tot d'una, «no sé de què tinc por». «És pel seu fill, veritat?». «No ho sé», li he respost, Cristina, perquè en realitat no ho sé. Pensava... Tot va començar per una simple amistat, i ara si deixe de veure-la més de cinc minuts m'entren unes ganes incontenibles de prendre xocolata. Això és el que sent, Cris, però potser tu ja ho intuïes, no?

Mentre jo mirava el fons brut de la tassa, Maties ha començat a parlar, parsimoniós, en veu baixa, sense deixar d'acaronar el llom del gos amb la mà distreta, com un gest mecànic. «Quan Fabiola es va quedar prenyada», m'ha dit, «em vaig sentir l'home més desgraciat del món. Després va nàixer Miquel... L'has vist, el nano? Ara li ha pegat per agafar-me el dit, saps?, sempre se m'adorm amb el dit agafat... Mira, no vull enganyar-te, no em fa gràcia que Fabiola haja tingut un fill tan jove, però el Quelet ens ha omplit la casa de rialles, saps què vull dir?». «Em pense que sí...», he dubtat alçant els ulls i mirant Maties de fit a fit. «Miquel és una circumstància de Fabiola, forma part d'ella, però no crec que la meua filla s'haja de fer monja per un error». Els ulls de Maties s'han entelat com si lamentara no haver-se xafat la llengua abans de considerar un error el seu nét. «Fabiola és una bona mare», ha afegit, «però també té disset anys, necessita volar encara fora del niu... No cal que tingues por, Ramon, sigueu amics, ella no espera cap altra cosa de tu».

Abans de parlar m'he pres el temps d'acabar-me una altra tassa de xocolata. La veu em tremolava un poc: «Crec que l'estime», he xiuxiuejat finalment. «Ella també parla molt bé de tu», ha somrigut Maties.

I això és tot, Cristina. Sé que t'alegraràs per mi. O no? Jo què sé!

Londres, 22 de juliol

És clar que me n'alegre, puceta. Sóc feliç ara que tu ets feliç. Sé que penses que em resulta fàcil dir això perquè creus que ja no t'estime. Potser, però jo no ho veig així. O és que tu vas deixar d'estimar-me quan descobrires que les costelles de Fabiola et llevaven la són més que no les meues? Les coses no són tan simples, veritat?

Però no ens posem sentimentals, Ramon, o prompte necessitaràs una dotzena de xocolatines per a eixir al carrer. Deixa'm que et conte un parell de coses increïbles: la primera, la pizzeria no va de broma. El senyor Zanetti ha contactat amb una cadena de menjar italià i li han atorgat una franquícia. El pare està exultant. Ell i Tommaso es van acomiadar anit del Chicken Palace a la francesa. N'estic contenta, almenys ja no em faran sentir còmplice d'enverinament. La segona, ací la tens, asseu-te a la cadira si estàs dret o gita't si estàs assegut, n'hi ha per a això i per a molt més. De fet no sé si alegrar-me o injectar-me una xocolatina a la vena: el pare té una cita demà a la nit, una cita «amb la dona més perfecta de l'univers. Anirem a sopar, i després al teatre», he sentit que li deia a Cassandra. Ves per on, tant de plorar per la seua dona i en una mica que bade s'enamora d'una androide. Només desitge que no siga dentista, no ho suportaria.

No podia haver trobat un moment millor per a refer la seua vida. He telefonat la mare per contar-li l'assumpte de la pizzeria i m'ha confessat, il·lusionada com una novençana, que estava rumiant de donar-se una altra oportunitat amb el pare, que l'estimava, encara que a voltes fóra un poc ruc. «Ara tot serà diferent, és clar», m'ha insinuat, «haurem de construir una relació d'igual a igual, des del principi». Pobra, si sospitara que en realitat ell tracta d'edificar sentiments en un altre solar... Però no em vull clavar en els seus problemes, ja són grandets.

La senyora Singleton s'ha posat al telèfon. El seu castellà millora per moments. M'ha dit: *«Vuestra madre tiene el corazón gordo»*. Li he donat les gràcies. Té raó, la mare té un cor *gordo*, però qui sap si a punt de trencar-se.

Per tot plegat no estava de gaire bon humor aquesta vesprada i ho ha pagat el pobre Tommaso. Hem eixit a passejar per Regent's Park, a tocar de casa. Al nord del jardí hi ha un canal jalonat de petites rescloses que antany servia per a transportar mercaderies i ara ha esdevingut un passeig pintoresc, amb botigues d'artesania a cada vora i les barcasses de turistes lliscant per l'aigua, l'anomenat Cadmen Lock. Feia temps que Tommaso no deia res i sospirava de tant en tant amb la pesantor d'un poeta romàntic. M'he temut molt que en un tres i no res començara a declamar odes. Per això no m'ha estranyat que em mussitara si em podia agafar la mà. «Per què?», li he respost, «tens por de caure?». Tommaso ha callat, però he vist en la seua mirada la tristor d'un cérvol abatut. Ja saps que animal que puc ser de vegades.

Hem arribat fent morros fins a Primrose Hill, un petit pujol que ofereix una panoràmica magnífica de Londres i on antigament se citaven els duelistes per satisfer les seues diferències. «Tinc una mica de fred, Tommaso», he xiuxiuejat contemplant l'horitzó. «Fred?», s'ha estranyat ell d'aquesta confidència impròpia de l'estiu. «Per què no m'agafes?», he insistit. Tommaso ha posat cara de llet condensada, una expressió tan densa que delatava la seua incomprensió, però tot seguit, lentament, m'ha abraçat i he sentit un calfred lleuger, com un tremolí, mentre ens besàvem. Sé que tu també t'alegraràs per mi, ara que he decidit no tenir por d'estimar.

València, 23 de juliol

I què vols que et diga? És clar que me n'alegre. Només un consell: procura no ser tan dura amb Tommaso com ho has estat de vegades amb mi, ratolineta, els teus besos són més temibles que els de la *Mantis religiosa*. És massa sensible, *il divino,* un poeta plagiari, no cal dir-ho, però sensible com una magdalena.

Què volies? Jo sempre t'ho he avisat, no?, el teu pare té el do de la inoportunitat. Has pensat de suggerir-li que munte una sauna al desert? Pel vostre bé, vigileu-lo, o no responc de la pizzeria. Ja veuràs, la teua mare estarà més bé sola, com més lluny d'ell millor. És una calamitat. Per sort tu t'assembles poc a ell, encara que, si vols que et siga franc, al començament d'anar junts em feia un no sé què besar-te perquè li tens una retirada en la mandíbula i, segons com, em feia l'efecte que era ell a qui petonejava. No t'ho havia dit mai, però aquesta angoixa sovint em provocava malsons esgarrifosos i em feia despertar banyat en suor freda.

Vaig anar a Cullera, finalment, saps? Maties m'havia donat l'adreça de la tia de Fabiola, de manera que em vaig presentar a sa casa amb la cara plena de cràters com a conseqüència d'una intoxicació de xocolata. La tia va reaccionar assenyadament, talment si haguera vist un leprós, i em va tancar la porta als morros amb una frase inintel·ligible. No m'espante amb facilitat, així que vaig insistir i de nou va eixir la mateixa senyora, ara completament irada. «Com t'ho he de dir, estúpid? Fabiola no viu ací, és a la porta d'enfront», em va etzibar. No sé per què, però l'amor em fa perdre els sentits i sovint m'han de repetir les coses dues vegades perquè me n'assabente.

La suor em regalimava per les mans i notava la seua consistència espessa com la resina de pi. Vaig fer un mosset al bollycao que sempre porte a sobre per si tinc la mínima contrarietat i vaig tocar a la porta de davant. Una senyora molt amable em va indicar aleshores que Fabiola era a la platja.

T'estalvie el recorregut per l'arena, Cristina, ja saps que em fa feredat. Vaig veure Fabiola concentrada en la lectura d'un llibre, talment un gira-sol vinclat sobre si mateix, i m'hi vaig acostar a poc a poc amb un somriure mel·liflu instal·lat a la boca; volia gaudir de la seua intimitat sense que ella se n'adonara. Quan hi era a tocar la vaig cridar. Ella es va sorprendre de veure'm, però no va dir res i reprengué la seua lectura amb la mateixa indiferència que si haguera vist un mol·lusc. «Està enfadada», vaig pensar, ja saps que aquestes coses no se m'escapen, de manera que em vaig agenollar al seu costat i, tot i que l'arena m'entrava a doll en les sabatilles, vaig iniciar un sol·liloqui de disculpa. Al cap d'uns minuts ella continuava tan muda com una rajola. Era impossible que no haguera reparat en mi, m'ignorava a propòsit, per fer-me mal, i a fe que me'n va fer. No sabia ja què més dir-li quan vaig fixar la vista en el llibre que llegia amb tant de fervor: *Autobiografia*, de Virginia Woolf, i aleshores em vaig adonar que tot estava perdut. L'ànima em va caure als peus i es va debatre amb dignitat uns segons abans de fondre's per sempre més al cor de l'estiu. Sentia a les venes la mateixa vitalitat d'un cadàver i els ulls se'm van entelar, però vaig trobar la força necessària per a alçar-me i, ensopegant amb enemics imaginaris, vaig iniciar la retirada.

Tot d'una, el terra va desaparèixer davall dels meus peus i em vaig veure arrossegat per la inèrcia d'un placatge. Atabalat com estava vaig dubtar si no estava iniciant els tràmits del purgatori, i només lamentava haver mort arrebossat damunt l'arena, quan vaig sentir clarament la veu de Fabiola que, mig sanglotant i llançant-me grapats de sorra a la cara, m'advertia que no volia haver de tornar a perdonar-me mai més. Ens vam besar amb ràbia, al so del cri-cri que els grans d'arena feien en carrisquejar entre les dents. T'ho pots creure? Definitivament, Cris, les dones esteu carregades de punyetes.

Fins ben prompte, una abraçadeta.

Londres, 24 de juliol

Confie que ara que has resolt els teus problemes sentimentals tornaràs a una dieta rica en fruita i verdura. No abuses de les xocolatines, Ramon, i recorda't de llegir algun llibre de tant en tant, no et pot fer molt més bajoqueta del que ets.

Vaja, no volia que aquest missatge sonara a comiat i no pare d'adoctrinar-te com una mare. Me'n vaig uns dies, potser un parell de setmanes. Mentre duren les obres de la pizzeria no podem fer res ací, i Déu sap si podrem fer vacances després. Tommaso diu que Calàbria fa goig en aquesta època de l'any amb els camps daurats de blat, les oliveres i les vinyes clapejant tot el paisatge, però no sé si fiar-me d'un poeta que tot ho magnifica. Si el creus a ell, el seu poble, Crotona, és la vuitena meravella, i per poc que t'hi esforces encara sents en l'aire les lliçons de Pitàgores, que va fundar una escola filosòfica a l'antiga colònia grega fa més de tres mil anys; però si fas cas del seu oncle, Crotona és un femer ple de fàbriques.

Almenys me'n vaig tranquil·la, sé que no he

de preocupar-me per tu, que continuaràs fent les mateixes bajanades de sempre, ni pel pare, que, en paraules seues, s'ho ha muntat amb la dona més perfecta de l'univers. Sí, l'he coneguda per fi, és bonica i simpàtica, però no sé si tant per a perdre el cap. Espere que siguen molt feliços.

M'ha fet anar de bòlit, el pare, amb la seua maleïda cita. No té vergonya. S'ha fet aconsellar per Cassandra i s'ha posat un vestit de Luigi que li anava balder de cintura i curt de camal, t'ho imagines?, talment un pallasso de circ. Estava fora de si i no parava de preguntar si havia vist mai un home tan ben plantat. «No», li he mentit. Després s'ha posat la colònia de Luigi, una mena de repel·lent antimosquits, i el detall final, una branca d'espígol en la solapa. «Per què no et col·loques també una bosseta de camamil·la en cada orella?», li he deixat caure.

Estava neguitosa i Tommaso m'ha suggerit que el seguírem per veure on anava. «Estàs boig», li he etzibat, «no tinc cap dret a ficar-me en la seua vida privada, ja és ben grandet, no seré jo qui l'espie d'amagatotis».

Tot i amb això hem procurat mantenir les distàncies perquè no s'adonara de la persecució, però se'l veia tan despreocupat, el pare, pegant puntellons a les pedres a tort i a dret, que dubte que m'haguera reconegut encara que m'hi haguera ensopegat de cara.

Hem arribat al restaurant pocs segons després que ell, el Villandry Dining Room, no massa lluny de casa, tot just per veure com abraçava una dona i li feia una demostració de respiració boca a boca davant d'una vintena de britànics que se'ls miraven entre divertits i flegmàtics. A poc a poc el pare s'ha decantat i he pogut veure finalment la seua nina bonica. «La coneixes?», m'ha preguntat Tommaso en veure que somreia. «Sí», li he respost, «és la dona més perfecta de l'univers, la meua mare». Què et sembla, Ramon? Romàntic, no? Aquestes són les escenes bledes que a tu t'agraden, eh? Confie que no hàgem de lamentar-ho.

Res més, amic, ja t'escriuré una postal des de Crotona. Que sigues molt feliç, i no oblides que passe el que passe tu seràs sempre la meua puceta.